novum 🐘 pocket

Thomas Rivera

Pecados capitales

novum ⬥ pocket

© 2022 novum maison d'édition

ISBN 978-3-903382-32-9
Photographie de couverture:
Maunger | Dreamstime.com
Création de la jaquette:
novum maison d'édition

www.novumpublishing.fr

La Envidia

Parte 1

Si te perdiera nunca te olvidaré.

*Le plus difficile quand on écrit en y mettant
une partie de son âme est d'être sûr
de vouloir remonter à la surface.*

Avant-propos

Chaque jour de notre existence, nous sommes confrontés à divers choix.

Ces tentations, déguisées en l'un des sept péchés capitaux, s'offrent à nous tel un cadeau de la vie.

Les réfréner engendre la frustration pouvant conduire à la folie.

À nous de trouver le juste milieu pour ne pas tomber dans l'autodestruction.

À quoi bon vivre sinon...

Prologue

Allongée dans ce lit, mon esprit se remémorait le moment où l'Europe se remettait peu à peu de sa crise du Covid.

La reprise de la routine quotidienne semblait inévitable. Il ne fallait pas en plus espérer que l'être humain soit doté d'une remise en question et tire des leçons de ses erreurs.

Encore une journée, qui, remplie de consultations bien futiles, prenait fin.

Un enchaînement de patients plus pressés les uns que les autres à se faire diagnostiquer.

Je me sentais étouffée par cette société capitaliste et individualiste.

Il m'arrivait d'imaginer une consultation type dans une centaine d'années où les patients se feraient prescrire un traitement afin de ne plus ressentir aucune émotion.

Nous étions occupés à éradiquer l'empathie sous toutes ses formes.

Tristement, je faisais encore partie des médecins qui croyaient au serment d'Hippocrate, du moins au chapitre qui parlait d'œuvrer pour le bien du patient sans lui nuire. Chapitre oublié par beaucoup de mes confrères, se sentant obligés de s'adapter à la société dans laquelle nous vivions.

Pauvre Darwin, il devait se retourner dans sa tombe.

Mais quel sentiment d'impuissance et d'inutilité quand on vous sollicite pour un diagnostic ou un traitement «à la carte» et que celui-ci ne convient pas au patient, et qu'il consulte un collègue moins scrupuleux.

Je me servais un verre de vin, une détente bien méritée après une telle journée.

Plongée dans mes pensées, j'en oubliais presque l'eau du bain sur le point de déborder.

J'emportais mon verre et mon téléphone en direction de la salle de bain.

Je recherchais dans ma playlist le nouvel album «Apostandole» de Tony Dize. Il devrait atténuer les frustrations de la journée.

Face à mon miroir, je relevais mes longs cheveux roux.

Devant les attacher régulièrement pour mon travail, ils perdaient de plus en plus leur ondulation naturelle.

Je me tapotais les joues pour les faire rosir. Je me trouvais aussi bronzée que mon évier. Heureusement que mes taches de rousseur camouflaient un peu cette pâleur.

Je partais à la recherche d'une éventuelle ride apparue durant la journée. Même si je n'avais que vingt-huit ans, je me trouvais vieillie depuis la crise du Covid. D'anciennes photos pas si lointaines ne mentaient pas.

Je rentrais dans mon bain. J'essayais de me détendre afin de pouvoir espérer passer une bonne nuit.

Je vivais seule dans une maison assez spacieuse. Je pouvais me déplacer au calme sans que la musique ne dérange quiconque.

Je me mis à penser à la lettre que j'avais reçue une semaine plutôt.

Même si l'Europe sortait doucement de sa crise du Covid, ce n'était hélas pas le cas de pays moins favorisés.

Certains pays faisaient appel à du personnel médical extérieur afin de renforcer leurs équipes fortement endeuillées.

Les offres d'emploi fusaient.

Il m'arrivait d'imaginer partir à l'aventure, de découvrir une autre culture que la mienne.

Je choisirais d'office un pays ensoleillé. Dans ma région, sur trois cent soixante-cinq jours, il pleuvait les trois quarts du temps.

Juste partir à l'autre bout du monde afin de se sentir plus utile que dans mon travail actuel. L'idée n'était pas déplaisante.

J'avais reçu une offre de ce genre, un contrat de deux ans pour l'Amérique du Sud.

Ils mettaient à disposition le logement, un véhicule et le salaire était plus qu'attractif.

Il est vrai que j'avais dû abandonner cette lettre dans un coin, je n'avais absolument pas le profil d'une aventurière.

J'avais peur de tout, je serais incapable de prendre un avion seule, je risquais même de me perdre dans l'aéroport.

Je sortais du bain devenu trop tiède à mon goût.

Je nouais une serviette autour de mon corps.

Il faisait froid pour un mois de mai et je regardais la pluie tomber par la fenêtre de la cuisine. Je restais là un moment, statique. Il m'arrivait également de me perdre dans mon propre esprit.

Première de classe en doctorat, je n'avais pas énormément de contacts sociaux, mis à part mes patients.

Je n'avais pas le temps de me faire des amis, ou peut-être n'en ressentais-je pas le besoin. Je ne devais pas être faite pour ça.

Je passais la plupart de mon temps libre la tête plongée dans des bouquins.

Je jetai un dernier regard sur mon planning du lendemain, complexe comme à l'habitude. La sonnerie du micro-ondes me sortit de ma torpeur par un léger sursaut. Mon agenda m'échappa des mains, laissant s'échapper un document.

Je le regardai. La lettre contenant l'offre d'emploi en question surgissait miraculeusement.

Cette lettre qui obnubilait mon esprit depuis une semaine.

J'avais dû y penser au moins cent fois.

Qu'avais-je en tête de me prendre pour Diane Fossey...

Peut-être voulais-je juste m'épanouir dans un endroit où je me sentirais à ma place.

Les seules barrières qui me bloquaient étaient celles que je m'étais créées.

La nuit promettait encore d'être longue si je continuais à cogiter de la sorte.

Après tout, c'était un peu comme des vacances prolongées.

Bien que la destination ne fut pas précisée clairement, j'avais une chance sur deux d'y trouver la mer et des palmiers.

J'adorais la mer. Depuis ma plus tendre enfance, je pouvais passer des heures à la regarder sans m'en lasser.

Peu importe la journée que j'avais passé, peu importe mon état d'esprit, elle me ressourçait. Je me sentais apaisée face à cette immensité si mystérieuse.

J'en ressentais tellement le besoin qu'il m'arrivait de faire plusieurs heures de route juste pour m'y poser.

Je partais rarement en vacances mais je recherchais toujours sa présence.

Maîtrisant l'anglais et l'espagnol je choisissais toujours une région adaptée.

Si je partais, la langue ne serait pas une barrière.

Je me sentais un peu idiote de ne pas profiter de l'opportunité, juste par peur.

N'étais-je pas différente des personnes qu'il m'arrivait de critiquer au sein de cette société, tellement soumise à la routine et m'étouffant dans un sentiment de peur?

Il m'arrivait de penser que l'être humain ne méritait pas sa place en

tant que race dominante de la planète. Je perdais progressivement espoir en notre civilisation.

Même avoir un enfant à l'heure actuelle me paraissait un acte cruel d'égoïsme.

Je sentais une force me pousser, une force un peu surnaturelle me poussant à accepter mon destin comme si je n'étais pas venue au monde au bon endroit.

Un mois s'était écoulé depuis ma décision de partir.

Entre le boulot et les préparatifs, ce fut assez chaotique. En premier, il fallut concrétiser les démarches administratives, le permis de séjour, le permis de travail, le passeport.

J'avais échappé à celles concernant l'équivalence de mon diplôme.

Heureusement, sinon, le laps de temps aurait été trop court.

Je partais pour la destination de la magnifique île de Puerto Rico.

Un rendez-vous fut également pris pour la vaccination contre la fièvre jaune.

Rien que la préparation des valises m'avait pris plusieurs jours.

Je dus presque entièrement me refaire une garde-robe. En effet, le climat totalement différent m'y forçait.

J'avais l'impression de partir en vacances. Cela faisait plus d'un an que je ne faisais plus de shopping. Toujours habillée en uniforme à cause de cette saleté de virus.

Je n'échappais pas non plus à un petit tour à la pharmacie du coin.

Je fis un achat industriel de protection solaire. Entre mes longs cheveux roux et ma peau blafarde, il me fallait à tout pris éviter de brûler ou de chopper un mélanome.

Je m'arrêtais également sur les répulsifs pour peau et vêtements contre les piqûres de moustiques.

Même si le paludisme avait disparu de ma destination, le risque de dengue, chikungunya et zika était encore présent.

J'avais tout préparé et envoyé par transport international.

C'est en regardant par le hublot, à travers les gouttes de pluie qui ruisselaient sur la vitre que je me remémorais toutes les étapes des préparatifs.

Je cherchais désespérément ce que j'avais pu oublier.

Ma banque avait également fait le nécessaire concernant l'échange de devises en dollars américains et le transfert de compte.

Décidément, cette pluie n'allait pas me manquer, cette grisaille, le manque de lumière, de couleur... Tout me semblait terne ici.

Je me sentais comme enfermée dans le film «Les temps modernes» de Charlie Chaplin.

J'essayais surtout de me convaincre d'avoir pris la bonne décision.

Les moteurs se mirent à gronder, nous allions bientôt décoller.

Une hôtesse et un steward terminaient leur conseil de sécurité mais je ne lâchai pas le hublot des yeux.

Mon stress montait.

J'avais lu quelque part que la plupart des accidents d'avion se passaient dans les dix minutes après le décollage et avant l'atterrissage. Je regardais instinctivement ma montre que j'avais déjà réglée sur mon nouveau fuseau horaire.

Nous étions en route pour 7062 km, en vol direct... Environ 14 h 30 jusqu'à San Juan.

Je n'arrivais pas à me détendre, je décidai d'écouter un peu de musique. Ma playlist se configurait aléatoirement, je tombais sur le clip «Permitame» de Tony Dize, ce qui me fit sourire.

Aucune chance que je puisse avoir la même occupation que lui dans son clip, mort de rire.

Bien que je me considère comme assez éclectique au niveau musical, je suis fan de reggaetons et plus particulièrement de ce monsieur. J'adorais le romantisme de ses textes et il fallait avouer qu'il n'était pas désagréable à regarder.

D'origine portoricaine, il lui arrivait d'y donner des concerts. Peut-être que la chance me sourirait.

Le reste du voyage fut sans encombre. Je ne me rendis même pas compte du passage du triangle des Bermudes, mais je ne pus fermer l'œil durant tout le trajet.

Heureusement, quelques films et deux repas plus ou moins comestibles plus tard, nous nous préparions à atterrir. Je fus soulagée, même si inconsciemment je me mis à triturer mon pendentif, ce que je faisais fréquemment dans les situations où je ressentais une perte de contrôle.

Je savais qu'une personne était préposée à me récupérer à l'aéroport et devait m'accompagner vers mon nouveau «chez moi» temporaire.

Je fus surprise par la beauté de l'aéroport de San Juan.

Je me rappelais une discussion avec une collègue, qui avait déjà voyagé en Amérique latine. Elle m'avait expliqué son arrivée dans un aéroport typique entouré de cahutes en paille.

Ici, je me trouvais dans un énorme bâtiment vitré, très lumineux surplombé d'une architecture ressemblant à une soucoupe volante.

Après cela, je m'attendais à une rencontre du troisième type, je me mis à rire toute seule.

Je suivais l'attroupement afin de sortir du couloir d'embarquement. Je désespérais de trouver ma personne de contact.

C'est alors que mes yeux s'écarquillèrent, tout d'abord sur un carton portant l'inscription «Doctor Malaury», puis sur le porteur.

Un jeune homme assez typé, avec des traits très fins, presque efféminé. Des cheveux noirs, coupés courts et coiffés vers l'arrière, des yeux et un costume du même coloris donnaient presque un air solennel à la situation.

Je souriais à l'idée qu'il sorte ses lunettes de soleil. J'aurais l'impression d'être enlevée par les «Men in black».

Je m'approchai en souriant et il me tendit une poignée de main moite et un peu mollassonne.

Décidément, moi qui ne supportais pas trop les contacts physiques, le maintient des gestes barrières et la distanciation sociale me manquaient déjà.

Il se présenta sous le nom d'Hector.

Son père dirigeait le service municipal de la capitale et il était préposé à me conduire vers ma nouvelle résidence.

Je n'avais aucune valise à récupérer mais je m'informais auprès d'Hector de la bonne réception de celles-ci.

Il acquiesça.

Nous montâmes à bord d'une Mercedes berline blanche flambant neuve et aux vitres entièrement teintées. Nous prîmes la direction du vieux Puerto Rico.

Un quart d'heure de pur bonheur, sous le soleil en longeant le bord de mer. Entre océan et palmiers, je ne savais où poser les yeux.

J'ouvrai la vitre pour profiter de la brise marine et chasser l'odeur infecte de l'eau de toilette d'Hector.

Peut-être était-ce l'anti moustique local?

Je laissais le vent caresser mon visage et faire voler mes cheveux.

Je ne pus m'empêcher de fermer les yeux pour profiter du moment. Était-ce un rêve?

La voix d'Hector me sortit de mon songe.

— On est presque arrivé, me dit-il en passant sa main dans ses cheveux.

Nous traversâmes quelques rues où chaque maison arborait une façade de couleur vive. Des enfants jouaient en toute impunité le long de notre parcours.

Des adultes et adolescents plongeaient depuis le toit d'une maison dans une piscine faite de briques tout aussi colorées.

Nous nous stationnâmes face à une palissade de bois effrité trônant face à une petite maisonnette dans un style chalet de vacances.

La façade, d'un bleu turquoise rappelant la couleur de l'océan, ne dissimulait sa vétusté. Les pignons latéraux avaient dû être oubliés par le peintre.

J'observais au moins trois fenêtres et deux entrées.

La toiture rappelait une tôle ondulée d'un abri de jardin.

Elle ne manquait pas de charme, il ne m'en fallait pas plus.

Hector me tendit les clés en me souriant.

Je les saisis sans demander mon reste. Je me sentais surexcitée à l'idée de la visiter.

Hector me suivit.

Je fus agréablement surprise de constater mes effets personnels trônant dans l'entrée.

Il y régnait une chaleur suffocante, certainement due au manque d'aération régulier.

Nous entrâmes dans la pièce principale reprenant le salon et la salle à manger. Le mobilier était rustique mais semblait fonctionnel. Le canapé, recouvert d'un drap blanc séparait la table du poste de télévision.

Je continuai ma visite. Aucune porte ne désolidarisait la cuisine du reste de la maison. Elle était équipée en électroménagers, excepté le lave-vaisselle. Une fenêtre donnant sur le côté rue surplombait l'évier.

À l'arrière de la maison se trouvait une belle grande chambre. Les volets mal fermés claquaient sur la vitre. J'entrevis en essayant de les ouvrir, le jardin. La végétation luxuriante manquait d'entretien mais rappelait les jardins de Barcelone. Il dut également y avoir une ébauche de piscine ayant souffert d'un ouragan ou une sévère sécheresse.

Une porte sur le côté droit du lit séparait la salle de bain. Je fus un peu déçue d'y trouver une douche remplaçant une éventuelle baignoire.

— Je vais vous montrer la voiture, me dit Hector en pointant du doigt une porte dérobée à l'arrière de la cuisine.

Il s'installa au volant d'une Chevrolet américaine de couleur bleu nuit terne. Il essaya de la démarrer mais aucun contact ne se fit entendre.

— Probablement la batterie, maugréa-t-il. Nous irons voir Toni au garage d'en face pour lui demander de s'occuper de ça.

Malgré le ton rassurant qu'il employait, il semblait préoccupé.

Je commençais à fatiguer, n'ayant pu fermer l'œil dans l'avion, le décalage horaire se faisait sentir.

Je demandai à Hector si nous pouvions attendre le lendemain pour cette formalité, manger et dormir étant ma priorité.

Il me conseilla une livraison de pizza avant de prendre congé.

Je dormis d'un sommeil de plomb. Entre voyage et stress je m'écroulai avant même que le soleil ne se couchât.

Au petit matin, je m'éveillais le cœur empli de motivation.

Pour mon premier jour, le planning était assez chargé. En tête de liste nous devions dénicher un magasin d'alimentation. Quelques produits d'entretien et de rénovation n'auraient pas été superflus. Je pensais déjà à l'achat d'une ponceuse électrique afin de rendre l'extérieur de ma maison plus présentable. Je dus me raisonner...

«Un jour à la fois, Malau».

Hector devait passer pour la visite du dispensaire de soins où j'étais censée pratiquer pour une période de deux ans, ainsi qu'assurer certaines visites à domicile pour les patients ne pouvant se déplacer.

J'avais hâte de commencer. Bercée d'un sentiment de satisfaction personnelle, je me sentais pousser des ailes.

Je pris une douche rapide et déjeunais pour la première fois de ma vie avec un reste de pizza.

Je gribouillais tout en mangeant une courte liste des denrées à ne pas oublier. Le café se tenait en tête de cette liste, puis venaient deux ou trois plats, de quoi tenir quelques jours.

À peine avais-je avalé ma dernière bouchée que je vis par la fenêtre de la cuisine la voiture d'Hector se garer.

Vêtu d'un jean et un T-shirt, il semblait plus décontracté que la veille.

Par contre, la même odeur fruitée et tenace le poursuivait.

Il me demanda comment s'était déroulée ma première nuit.

— Trop courte, lui répondis-je.

Il rit.

Alors que nous allions prendre la route du dispensaire, je le vis traverser le chemin en direction du garage situé en face. Il s'avançait vers trois jeunes hommes travaillant sur le parking autour d'un pick up américain de couleur rouge.

— Toni! s'écria-t-il en me faisant signe de m'approcher.

Un des trois, en salopette, ne sortit pas du dessous de la camionnette. Les deux autres, habillés en civil, relevèrent la tête du capot grand ouvert.

Celui qui donnait l'impression de réprimander ses deux ouvriers s'avança vers nous arborant un air interrogatif.

Il était vêtu d'un pantalon blanc cassé et d'une chemise du même coloris recouvrant un singlet blanc. Il replaça une mèche de cheveux châtain foncé sortie de sa queue de cheval.

Sa barbe mal rasée et ses yeux noirs lui donnaient un air peu commode et sévère.

Hector me présenta à lui comme étant le nouveau médecin de la ville.

Tandis que je m'avançais pour le saluer, Hector lui demanda de jeter un œil sur ma voiture qui refusait de démarrer. Il ne daigna même m'accorder un regard.

— Quand j'aurai le temps, maugréa-t-il en tournant les talons.

Je restai bouche bée face à cette impolitesse. Peut-être avais-je présumé un peu trop vite l'accueil de la population locale quant à ma présence.

— Pas très chaleureux, chuchotai-je en montant dans la voiture.

En démarrant, je ne pus m'empêcher de regarder dans sa direction, nos regards se croisèrent avant d'éclater en moquerie avec ses deux compères.

Sur le chemin de mon lieu de travail, Hector ayant remarqué ma stupéfaction essaya de me rassurer.

— Il ne faut pas te tracasser, Toni est toujours comme ça. Ça aurait pu être pire, déclara-t-il en riant.

Hector me confia également que de nombreux médecins étaient arrivés dans la région ces derniers temps. Mais entre le climat et les conditions de travail, ils avaient très vite tourné les talons. La population avait dû s'adapter à plusieurs praticiens en très peu de temps.

Je fus tellement absorbée par ses explications que je ne pris pas attention au trajet. En moins de dix minutes, nous arrivâmes au dispensaire.

C'était un petit local de deux pièces juxtaposées. La première servait de salle d'attente, une vitre sans teint rendait un volume supplémentaire à sa superficie plus restreinte. Quelques chaises adossées au mur collaboraient à sa fonctionnalité. Une porte en bois la séparait de la salle d'examen. Plus grande et plus lumineuse, elle comportait une fenêtre donnant sur un petit parterre de fleurs.

Le mobilier métallique blanc cassé ne cachait pas sa vétusté. Écaillée à de multiples endroits, la peinture s'effritait, laissant apparaître quelques points de rouille.

Je commençai le lendemain avant huit heures. L'enthousiasme m'envahissait déjà.

Sur le chemin du retour, Hector s'arrêta au supermarché où je fis mes premières emplettes. Je n'oubliais pas le café... en format industriel.

Il ne me restait qu'à terminer de m'installer et à nettoyer mon chez-moi.

Le regard lancé par mon voisin diabolique me hantait. J'augmentais le volume de la radio pour le chasser de mes pensées.

Le soir tomba si vite que je n'eus pas le temps de préparer le souper.

Tellement à faire en si peu de temps!

Je devais me résigner une nouvelle fois à commander une pizza.

Je filai sous la douche en attendant la livraison.

J'étais déjà en pyjama lorsqu'on frappa à la porte. À la place du livreur de la veille se tenait devant moi une jeune fille très jolie aux cheveux noirs bouclés, le teint hâlé, de grands yeux noirs pétillants. Elle essayait de compenser sa taille par le port de talons très sexy. Le rêve de tout chirurgien orthopédique. Elle me sourit en me tendant la note.

Je la fis entrer sur le palier afin de la régler.

— J'ai entendu parler de toi, tu es le nouveau docteur? me demanda-t-elle, laissant apparaître ses jolies dents blanches. Je supposai qu'à cet instant la surprise pouvait se lire sur mon visage. Elle enchaîna directement.

— Je m'appelle Maria, mon frère et mon copain travaillent dans le garage d'en face.

À ces paroles, l'espoir de conclure ma journée par un contact social positif s'évanouit.

— J'imagine, lui répondis je un peu gênée.

— Tu ne vas te nourrir que de pizza? me demanda-t-elle en riant.

En effet, cela faisait deux jours de suite que je passais commande chez eux.

Je me défendais en invoquant le manque de temps accordé pour prendre mes repères.

Directement, elle se proposa de me faire visiter le quartier le lendemain après son travail et le mien.

Elle partit en souriant et me faisant un petit signe de la main.

Peut-être pourrait-elle arrondir les angles et améliorer ma relation avec le voisinage. Je ne pouvais m'empêcher de me questionner, lequel était son frère, lequel était son copain?

Ce regard haineux me ferait cauchemarder, c'était certain.

Enfin, il se pouvait également que Maria puisse accélérer la réparation de ma voiture.

Entre le trajet vers le dispensaire et mes éventuelles visites à domicile, elle m'était plus que nécessaire.

Un peu moins éreintée que la veille, je m'installai à même le sofa pour manger, j'allumai le téléviseur.

La pizza était plus assaisonnée que la veille. Je me mis en quête de la bouteille d'eau oubliée sur le plan de travail de la cuisine. De la fenêtre, je vis qu'il y avait encore de la lumière au garage.

Peut-être était-ce vrai, le travail ne manquait pas et moi, je leur en rajoutais.

Normal qu'ils ne soient pas contents. Malgré la pénombre, j'apercevais la silhouette d'une jeune fille attendant devant la porte. La brise du soir faisait voler ses longs cheveux bouclés.

La porte s'ouvrit et je reconnus Toni qui la fit entrer.

Quelques instants plus tard, la lumière s'alluma à l'étage. Même si j'avais un peu honte de les espionner, je ne pouvais m'empêcher de penser qu'il s'agissait peut-être du fiancé de Maria. La fenêtre était restée ouverte et je vis leurs ombres s'entrelaçant se dessiner à travers la clarté.

J'éteignis le poste de télévision ainsi que toutes les lumières de peur qu'on me surprenne à jouer les voyeurs.

Blottie au fond du canapé, je me sentais mal à l'aise. Impossible de ne pas entendre le mobilier grincer et les gémissements de la demoiselle. Cela perdurait et je décidai de brancher mes écouteurs. Son endurance me fit rougir.

Je finis par trouver le sommeil.

Au petit matin, je me réveillai épuisée. Bien que je ne m'attendais pas à une super nuit après la journée mouvementée passée, elle dépassa mes attentes. Entre cauchemars et rêves érotiques, je m'étais éveillée plusieurs fois en sueur.

J'avais rêvé que mon cher voisin venait réparer ma voiture en pleine nuit, qu'il me prenait sauvagement sur le capot de ma Chevrolet. Son regard, identique à celui lancé lors de notre rencontre, me sortait de mon songe.

J'avalai deux tasses de café avant de filer sous la douche.

Malgré la mauvaise nuit, je retrouvai peu à peu l'excitation à l'idée de commencer mon nouveau travail.

Huit heures tapantes, je passai la porte du dispensaire. Je n'étais pas peu fière de ne pas m'être perdue sur le trajet.

Je m'installai et commençai par faire le tour de toutes les armoires.

Tout le matériel de base s'y trouvait. Je vérifiais les dates de péremption et réorganisais les étagères en attendant le premier patient.

À plusieurs reprises, je me relevais pour vérifier que la pancarte signalant l'ouverture était bien dirigée.

Je finis par me résoudre à nettoyer et à réorganiser encore et encore chaque armoire.

La journée me parut interminable. Aucun patient ne se présenta.

Je commençais à prendre peur de ressentir un sentiment d'inutilité, celui-là même qui m'avait fait quitter mon pays d'origine.

Il n'y avait aucune raison que mes prédécesseurs fuient la charge de travail et que ce soit pareil pour moi.

J'attendais que l'horloge s'arrête enfin sur seize heures. Comme une écolière attendrait la sonnerie de la fin des cours.

Je repris le chemin de mon domicile sous le soleil torride de la fin d'après-midi. Aucun point d'ombre à l'horizon sur mon trajet, je finis par ôter mon blazer. Je n'avais plus un poil de sec quand j'aperçus enfin l'intersection de ma rue. Je rêvais d'une douche à mon arrivée et mes pensées, trop absorbées par la déception de la journée ne me firent prendre attention qu'une bande de jeunes gens me barrait le passage.

Je voulus traverser afin de les contourner mais ils m'en empêchèrent. Ils me fixaient, moqueurs.

Mon cœur se serra quand je compris que l'altercation serait inévitable.

Ils étaient bien trop nombreux pour que je puisse résister à un éventuel vol. Prise de vertiges et de palpitations, je fermais les yeux alors qu'ils s'avançaient vers moi.

Je dus lutter pour n'attraper mon pendentif, il était hors de question qu'on puisse me le dérober. Il s'agissait du sceptre de Sailor Moon en or. Il avait bien plus qu'une valeur sentimentale à mes yeux. Comme la plume confiée à Dumbo pour son premier envol, je gardais sa valeur symbolique.

Enfant, lorsqu'une situation me paraissait insurmontable, ma mère me demandait d'effectuer trois tours sur moi-même comme le faisait Wonder Woman, au fil des ans, ce pendentif avait remplacé ce rituel devenu embarrassant en public. Je me sentirais complètement perdue s'il venait à disparaître.

Alors que je m'attendais au pire, un sifflement strident me fit ouvrir les yeux en sursaut.

Toni, d'un signe de la main, exigea la dispersion des jeunes gens.

Ils s'écartèrent à sa demande pour me laisser passer. J'activais mon pas, fixant le sol jusqu'au moment où je refermais ma porte derrière moi.

Encore tremblante, je me dirigeais vers mon réfrigérateur et me décapsula une Corona afin de reprendre mes esprits.

Alors que j'engloutissais ma bière en quelques gorgées, je me repassais la scène. Un fait était indéniable, Toni m'avait évité le pire. Peut-être l'avais-je maljugé...

Après tout il n'avait pas été si désagréable dans mon rêve, je puisais dans mon sens de l'humour en essayant de me calmer.

Je regardais l'heure, il était déjà seize heures quarante-cinq.

Maria allait arriver et je n'étais même pas prête. Je dus m'activer afin de ne pas la faire attendre.

Une vingtaine de minutes plus tard, une vieille coccinelle rouge se stationna devant chez moi. Maria était là.

Je la regardais par la fenêtre, elle fit un petit signe en direction du garage. J'ouvris la porte avant qu'elle ne puisse sonner.

Je ne savais pas très bien comment la saluer mais je n'eus le temps de me poser la question qu'elle me prit dans ses bras en m'embrassant.

— On y va, s'écria-t-elle d'un ton motivé.

Nous ressortions directement, ce moment entre filles ne pouvait que faire du bien et aider à oublier cette journée aussi médiocre que terrifiante.

Nous allions monter dans sa voiture quand elle me lança:

— Attends je vais te présenter mon frère.

Ce ne fut pas de gaieté de cœur mais je la suivis, impossible de lui refuser et encore moins de lui expliquer ma mésaventure de l'après-midi.

En arrivant, elle me désigna Fernando, le plus petit, assez basané. Je le reconnus à sa salopette bleue, celui qui était couché sous la camionnette à mon arrivée... son frère. Il semblait timide, enfin, plus réservé. Il me sourit en retour.

Je la vis embrasser son fiancé, Miguel. Plus grand que son frère, élancé, aux cheveux si courts qu'il était presque impossible d'en définir la couleur. Il me salua de la main.

Elle jeta un regard vers Toni et le présenta…

— Et Antonio, que tu connais déjà, leur patron, s'esclaffa-t-elle d'un air moqueur envers lui.

Quant à moi, oubliant les formalités professionnelles, elle me présenta sous mon prénom, Malaury. Je ressentais une légère satisfaction à retrouver un peu de ma personnalité.

Comme s'il me poussait des ailes de sociabilisation, je profitais du contexte favorable pour remercier Toni de son intervention de tout à l'heure.

— Je n'en menais pas large. Lui confiais-je en riant.

À ces mots, il jeta au sol la serviette avec laquelle il s'essuyait les mains depuis le début de mon monologue.

Il s'approcha de moi, furibond. Il était si proche que je pus distinguer qu'un piercing brillant lui transperçait le lobe de l'oreille gauche et l'ébauche d'un tatouage recouvrant l'entièreté de son épaule droite à travers son T-shirt blanc.

À sa façon de froncer les sourcils, je ne dénotais rien de bon dans l'échange qui allait se produire.

Ma respiration se bloqua et j'eus quelques difficultés à déglutir, la salive me manquait. Je crus que j'allais m'étrangler.

— Ta place n'est pas ici, quand tu l'auras compris, tu rentreras dans ton pays, s'exclama-t-il, haineux.

— Pardon? hoquetai-je.

Des larmes de colère et de tristesse m'envahirent. Je vis ses deux compères baisser les yeux alors que je cherchais désespérément un regard compatissant.

Maria m'attrapa le bras en murmurant :

— Viens on y va.

Nous montâmes dans sa voiture. Entre honte et tristesse, elle ne put m'arracher un mot.

Elle me demanda doucement ce que je voulais faire ou voir ce soir.

La gorge nouée je lui répondis.

— Je voudrais voir la mer, j'ai besoin de voir la mer.

La fin de la soirée fut positivement meilleure. Maria n'avait pas dû rouler longtemps pour m'emmener sur une petite plage paradisiaque située au bout de l'avenue Ashford, la Playita del Condado.

Quelques touristes accompagnés de leurs enfants se baignaient dans l'eau turquoise, tandis qu'on pouvait apercevoir au large des plongeurs avec leur tuba.

L'endroit était magnifiquement choisi pour se détendre en évitant la foule. Parfait en ce qui me concernait étant donné la journée passée.

Elle eut la délicatesse d'éviter de mentionner l'épisode du garage dans notre discussion. Assises dans le sable, nous parlions de notre parcours de vie, de nos amours, présent pour elle et passé pour moi.

Elle mentionna Hector et l'intérêt qu'il semblait me porter.

Je me mis à rire, ce qui faisait longtemps.

— C'est pas du tout mon style, lui confiai-je, en ne pouvant m'arrêter de rire.

Rien que l'odeur de son eau de toilette me donnait la nausée.

— C'est quoi pour toi alors le garçon idéal, Hector est riche pourtant.

Je la fis rire à son tour en lui confiant que j'étais plutôt le genre de fille à tomber amoureuse d'un livreur de pizza, habitant dans un deux-pièces à proximité de la mer. Le feu et les paillettes n'étaient pas faits pour moi.

Après ce moment de rire et de détente, nous prîmes de quoi nous restaurer auprès d'un vendeur de rue situé non loin de la plage. Je pris une sorte de crêpe farcie de viande, de poivrons et d'oignons. Ce qui aurait ressemblé à un tacos chez nous mais au goût incomparable.

— Ça change des pizzas, s'exclama Maria d'un ton moqueur.

Maria me raccompagna. Je ne savais comment la remercier. Elle était la seule à s'être montrée si gentille avec moi sans rien attendre en retour. Elle vit mon désarroi et me prit dans ses bras.

— Ça va aller, me dit-elle, rassurante.

En descendant de la voiture, je vis une demoiselle entrer dans le garage. Ce n'était pas à première vue la même que la précédente. Sa coiffure et sa taille ne mentaient pas.

Il était hors de question de subir la même soirée et encore moins la nuit que la veille.

Je fermais toutes les fenêtres… plutôt mourir de chaud.

J'allumais ma playlist de reggaetons, la première chanson se lança.

«Al limite de la locura», de mon chanteur préféré. J'augmentais le volume, peu m'importait s'il venait se plaindre, je trouvais, ironie du sort, la chanson totalement appropriée. Je n'étais pas très loin de basculer moi-même dans la folie.

Je m'endormis au bout d'un moment.

Tandis que je dormais paisiblement, un bruit sourd me tira du sommeil. Je crus tout d'abord à un rêve, mais le bruit se répéta. Au bout de quelques instants, je compris que quelqu'un frappait à la porte.

Le rêve de la nuit dernière se répétait-il?

Je me pinçais avant d'ouvrir la porte.

Devant moi se tenait un jeune homme présentant des difficultés respiratoires, le souffle coupé et une main tenant sa poitrine, il essayait de me parler. La sueur lui coulait du front.

Je lui servais un demi-verre d'eau et après une gorgée, il me demanda de l'accompagner. Sa femme était en train d'accoucher et cela ne se passait pas bien.

Je pris ma trousse et un flacon de xylocaïne, le cas échéant, je pouvais prévoir une césarienne d'urgence sous anesthésie locale.

L'intervention n'était pas courante, mais pas impossible. Il me faudrait anesthésier chaque plan avant d'inciser. J'étais juste prévoyante.

Je partis dans la nuit, avec cet homme, à presque deux heures du matin. Les rues étaient désertes mis à part quelques fêtards qui prolongeaient leur soirée. Sur le coup, et suivant l'adrénaline de l'urgence, je n'avais même pas émis l'hypothèse d'un quelconque danger à suivre un homme inconnu au milieu de la nuit.

Son domicile se situait à plus ou moins deux kilomètres de chez moi et j'avais moi-même du mal à reprendre mon souffle après cette course.

Une jeune femme était allongée sur un sofa, fatiguée du travail et à demi consciente. J'interrogeais le jeune homme sur le laps de temps écoulé depuis la perte des eaux en désignant une grande quantité de liquide sur le sol. En état de choc, il ne put me répondre.

J'enfilais ma paire de gants à toute vitesse. À l'auscultation, je percevais très peu de contractions. Au toucher, le bébé ne se présentait pas bien non plus. J'essayais de dégager le crâne mais celui-ci était déjà cyanosé. En glissant mes doigts sur la face antérieure, je sentis le cordon enroulé autour du cou.

Difficile de réfréner le réflexe d'expulsion de la dame à moitié consciente. Trop tard également pour penser appeler une ambulance. On risquait de les perdre tous les deux. Il me fallait agir et j'avais très peu de temps.

Il n'y avait d'autre choix que d'impliquer le papa, il me manquait deux mains supplémentaires.

Je le positionnais sur le ventre de sa femme de telle sorte que ses mains effectuent une remontée du bébé. Il était impératif de le dégager avant l'engagement.

Je lui demandais également de me prévenir à la première contraction perçue, dès qu'il sentirait le ventre de son épouse durcir.

Je préparais un bistouri et mon désinfectant d'une main, l'autre bloquait toujours l'enfant au-dessus du plancher pelvien.

Au signal du jeune homme sur la contraction ressentie, je pratiquais une épisiotomie, ce qui me fit gagner le temps d'une anesthésie.

Tandis que je dégageais le cordon, je demandai au papa d'inverser ses mains afin d'aider dans la poussée de son épouse, exténuée.

Je dus utiliser les forceps afin de l'extraire plus rapidement. Une magnifique petite fille, Carolina, naquit cette nuit-là. Elle ne tarda pas à pousser son premier cri qui la fit rosir assez vite. Je surveillais quand même ses paramètres plus ou moins stables en attendant la délivrance, l'expulsion du placenta.

Je suturais l'épisiotomie... cette fois sous anesthésie locale bien entendu.

Je fus remerciée de façon excessive par cette adorable famille. Mais en vérité, c'est moi qui eus envie de les remercier, alors que je me sentais en pleine remise en question sur ma présence ici, ils me redonnaient l'espoir et le sentiment d'utilité que je recherchais.

Je repris le chemin de mon domicile, alors que le soleil n'allait pas tarder à se lever.

C'est empli de bonheur et de fierté que je rentrais chez moi.

Sur le retour, je passais devant le dispensaire, j'y fis un saut afin d'y laisser une note sur la porte d'entrée.

«Suite à une garde de nuit difficile, veuillez me contacter si nécessaire». Je notais mon numéro de portable.

Il était presque cinq heures du matin, et il était impératif que je dorme un peu.

Après tout, aucun patient ne s'était présenté depuis mon arrivée et je tombais de sommeil.

1

L'orgueil

«Peu importe le chemin accompli, rien en ce monde ne vous donnera le droit d'être plus méritant que les autres»

Un sentiment de fierté s'empara de moi ce matin-là... enfin, cette après-midi-là. Il était presque treize heures lorsque je m'éveillai. Tandis que je buvais mon café, je pensais à la nuit passée. Je sentais que plus rien ne pourrait se mettre en travers de ma route. Il était temps que de montrer que je méritais ma place ici.

J'y avais œuvré une grande partie de ma vie, plongée dans mes bouquins, au détriment d'une vie sociale et affective.

Je sursautai en renversant une partie de mon café sur mon pyjama. On frappait à la porte.

Je me penchais discrètement à la fenêtre, c'était Hector.

Je n'étais pas encore habillée, je pris un peignoir au vol avant d'aller ouvrir. Il devenait de plus en plus collant et ses manies tactiles me déplaisaient de plus en plus. Bien que je ne voulais pas le froisser, mes refus récurrents à ses multiples invitations auraient déjà dû l'éloigner. Mais rien n'y faisait.

J'ouvris la porte. Il s'inquiétait de mon état de santé. Je le rassurais sur ma garde de nuit.

Il en faisait des tonnes, rien ne semblait naturel chez lui ou dans ses agissements. Je commençais à me méfier.

Il me confiait être passé au dispensaire pour deux choses.

La première, une dame âgée sollicitait mon passage à son domicile. Elle présentait des difficultés à se déplacer suite à une chute. Une plaie à la jambe avait des difficultés à cicatriser.

Je notais l'adresse et l'interrogeais sur sa deuxième requête.

Il voulait m'emmener prendre un verre ce vendredi, après le travail. Une nouvelle fois je dus invoquer une excuse pour décliner son invitation.

— Je suis désolée Hector, j'ai un autre projet pour vendredi, un autre jour peut être... hoquetai-je sans lever le nez du bloc-notes où j'avais inscrit l'adresse de la dame.

Sa ténacité m'ahurissait à chaque fois un peu plus. Je me débarrassais de lui invoquant le travail qui m'attendait et le fait d'être encore en pyjama.

Je fis un saut sur mon lieu de travail pour prendre quelques produits susceptibles de m'être utiles pour le pansement avant de me rendre chez la patiente.

La fatigue accumulée ces derniers jours se faisait ressentir, mais heureusement, la dame n'habitait qu'à deux rues de mon domicile.

Je frappais à la porte mais je n'eus aucune réponse.

Je tentais de pousser la porte.

— Bonjour, c'est le docteur! m'exclamai-je en entrant.

La dame assoupie devant son poste de télévision ne m'entendit même pas entrer. Je m'accroupis pour ne pas l'effrayer et j'essayais de la réveiller doucement.

Elle me sourit lorsque je réitérais ma présentation.

— C'est le docteur, lui murmurai-je calmement.

Nous fîmes les présentations. Elle se nommait Santina. Alors que je consultais le dossier incomplet que m'avait laissé mon prédécesseur, elle me proposa une tasse de café que j'acceptai avec joie.

Cette vilaine plaie datait de près d'un an, un ulcère d'environ deux centimètres de diamètre sur l'arrête tibiale.

Je refis une courte anamnèse pour exclure une allergie éventuelle à un produit. Sa dernière auscultation indiquait une surinfection sur condition d'hygiène médiocre. Je levai les yeux, la maison était propre, un léger désordre mais rien de catastrophique. Il m'était d'avis que la seule chose médiocre ici était le diagnostique de mon confrère.

Je voulais effectuer un prélèvement sanguin. Santina me donna son consentement immédiatement.

Hormis un contrôle de routine chimie et ionogramme, je voulais vérifier le sucre et le cholestérol. Une perturbation aurait tout aussi pu empêcher la guérison de sa plaie.

Avec ses difficultés à se déplacer, je voulais éviter le plus possible de l'envoyer à l'hôpital pour d'autres examens. Le cas échéant, je me raviserais.

J'optais pour un traitement local à base d'iode. Le pouls pédieux étant parfaitement perceptible pour ses quatre-vingts ans et me détournait d'une cause vasculaire.

J'avais terminé ma consultation. Sur le point de prendre congé, Santina me resservit un café. Un jour comme aujourd'hui, la caféine ne se refusait pas. Elle était douce et agréable. Malgré les traits de la vie marqués sur son visage, elle avait dû être très belle.

À ma surprise, elle me parla de sa nièce que j'avais aidé à accoucher cette nuit. Le monde était petit et je comprenais mieux sa décision de me consulter.

Elle me demanda si j'avais des enfants. Je me mis à rire.

— Je suis seulement mariée à mon travail, lui confiai-je amusée.

À son grand désespoir, son petit fils, avec qui elle vivait, non plus. Elle prit un air triste, elle n'aurait peut-être pas la chance de connaître ses arrières petits enfants étant donné son âge avancé.

J'essayais de la rassurer, je ne pouvais rien pour son petit fils, mais je pouvais m'assurer de tout faire pour lui faire gagner du temps. Elle me sourit.

— Vous êtes une gentille personne, Dieu vous bénisse, me dit-elle doucement.

Elle me questionna sur ma famille. Mais cela faisait si longtemps que je n'avais plus personne, que je n'arrivais même plus à me souvenir ce que c'était d'en avoir une.

Elle sembla désolée pour moi. Je la réconfortai en lui disant que je considérais un peu mes patients comme des membres de la famille.

Ce qui n'était pas totalement vrai. La vie m'avait éduqué à mes dépens et à plusieurs reprises qu'on ne vous octroie de l'intérêt tant qu'il se passe dans les deux sens. Une fois ce contrat tacite entre vous terminé, vous êtes vite oublié ou remplacé.

J'avais dès lors appris à ériger une forteresse autour de moi pour m'en préserver.

Je la remerciai pour son café. Je devais rentrer et faire parvenir son prélèvement sanguin au laboratoire du San Juan City Hospital.

Il était presque dix-neuf heures, lorsque mon téléphone sonna.

Je ne reconnus pas tout de suite le numéro. Il était vrai que seule Maria me téléphonait depuis mon arrivée.

C'était le laboratoire, le résultat de ma charmante petite patiente de cet après-midi était tombé. Une chimie et un ionogramme plus ou moins correct, un peu de cholestérol, mais rien d'alarmant ou nécessitant un quelconque traitement. Par contre, le glucose était quant à lui à plus de cinq cents milligrammes par décilitre.

Un diabète de type II était déjà bien installé chez elle et nécessiterait quotidiennement une injection d'insuline probablement durant tout le reste de sa vie.

Normalement, après ce rééquilibrage, la plaie devrait guérir.

Je connaissais l'ampleur de cette maladie ainsi que la difficulté du traitement et c'est avec le cœur lourd et munie d'un flacon d'insuline que je me mis en route vers le domicile de Santina pour lui annoncer cette mauvaise nouvelle.

J'optais pour un mélange d'insuline rapide et lente qui devrait couvrir sa journée.

Il était clair que je la suivrais chaque jour afin de lui procurer un schéma qui lui convienne.

Elle fut surprise de ma visite à l'improviste, mais toujours aussi accueillante.

J'étais persuadée de lui expliquer clairement le traitement qu'elle devrait recevoir suite à sa prise de sang, mais sa réaction semblait inappropriée face à la situation. Elle continuait à me sourire. Elle n'écoutait ou ne comprenait pas mes explications mais se réjouissait que je puisse rencontrer son petit fils, rentré du travail.

Je sautais sur l'opportunité d'activer les présentations afin d'obtenir une oreille attentive à la gravité de la pathologie et du traitement.

Elle l'appela.

— Cariño! s'écria-t-elle au bas d'un escalier. Je trouvais cette expression familière, pouvant se traduire par «chéri» attendrissante.

À son appel, j'entendis une porte claquer et des pas lourds descendants. Sortant de la douche, une serviette blanche nouée autour le la taille et encore dégoulinant d'eau, son petit fils fit son apparition.

Mon souffle fut coupé. Je restais bouche bée. Toni se trouvait à moitié nu devant moi. Je crus apercevoir l'esquisse d'un sourire sur son visage quand il vit ma réaction.

Je n'osais le regarder de peur de croiser son regard. Une chaleur envahissant mon faciès me fit comprendre que j'avais certainement rougi face à sa tenue vestimentaire.

Il s'appuya contre le dossier d'une chaise en me fixant.

Je trouvais la scène totalement indécente mais je ne pus m'empêcher de regarder le tatouage qui lui couvrait une partie du dos et l'épaule droite.

Il était indéniable que la vue son corps provoquait en moi certaines pulsions impures. J'essayais de camoufler mon intimidation par une approche plus professionnelle. Je me mis à utiliser un jargon médical totalement incompréhensible.

Il prit une bière dans le frigo, la décapsula et en but une gorgée.

— C'est toi le médecin, fais ton travail, me lança-t-il à la limite de l'agressivité mais sur un ton suffisamment bas pour que sa grand-mère ne l'entende pas.

Pas étonnant qu'il ne trouve pas de femme, qui aurait envie de supporter un homme aussi hargneux? pensai-je.

Je préparais la seringue pour Santina. Pour la première fois, je posais un acte aussi banal avec les mains tremblantes.

Comment faisait-il pour avoir une telle emprise sur moi? Il arrivait toujours à me déstabiliser à peine ouvrait-il la bouche.

Il me fixait, je le sentais. Je n'osais dire un mot de peur d'encore recevoir ses foudres.

Santina brisa le silence, devenu presque insupportable.

— Tu devrais emmener le docteur boire un verre vendredi soir, Toni, lui proposa-t-elle, souriante.

Il se mit à rire et s'approcha d'elle. Il y avait quelque chose de malaisant dans cette situation où il m'était impossible de fuir.

Je finis par me persuader qu'il n'y avait aucune chance qu'il accepte. On finirait par s'entre-tuer avant la fin de la soirée.

Il lui déposa un baiser sur le front et se retourna sur moi.

— Pourquoi pas, dit-il en arborant un sourire presque maléfique.

À ses mots, je crus que ma tête allait exploser, je fis mine de ne pas comprendre.

— Pourquoi pas quoi? demandai-je timidement.

— Toi et moi vendredi soir, confirma-t-il, amusé.

Une rage immense s'empara de mon esprit, il était hors de question que je supporte sa présence plus de quatre minutes.

En état de choc, il y eut un genre de syndrome dissociatif entre mon corps et mon esprit. Je n'en revenais pas mais les seuls mots qui sortirent de ma bouche furent.

— Si tu veux, soupirai-je.

Le soin terminé, je pris la fuite.

À peine passé le coin de la rue, j'appelai Maria pour lui raconter l'horrible situation dans laquelle je m'étais mise toute seule.

Et dire qu'à la base j'étais censée lui demander un alibi afin d'échapper à l'invitation d'Hector.

J'étais quasi sûre que son but était de me faire quitter le pays, confiais-je à Maria. Pour la première fois depuis mon arrivée, l'idée ne me déplaisait pas.

Il a gagné, lui répétai-je sans cesse en panique.

Maria riait, mais moi, je ne trouvais pas la situation franchement pas risible.

Elle essaya de me rassurer, il avait peut-être accepté pour accéder à la demande de sa grand-mère. Il annulerait forcément demain.

Le lendemain matin, je partis plus tôt afin d'effectuer l'injection de Santina. Dans d'autres circonstances, j'aurais formé la famille à pratiquer cet acte anodin. Mais c'était au-dessus de mes forces de le déléguer à Toni. Je le ferais moi-même.

Par contre, j'allais certainement passer la journée à essayer de le croiser afin de lui donner l'opportunité d'annuler ce qui ressemblait à un rendez-vous non consenti.

Il devrait y avoir une théorie sur ce phénomène, pourquoi est-ce toujours quand on a besoin de quelque chose, qu'on ne le trouve forcément pas? Je ne trouvais Toni nulle part.

Peut-être avait il lui aussi pensé à quitter le pays? pensai-je, amusée.

Plusieurs patients attendaient mon arrivée devant la porte du dispensaire.

Le bouche-à-oreille agissait enfin en ma faveur, et la journée passait plus vite.

J'étais super pressée de rentrer. Je ne pensais qu'à ça, il fallait que je le retire de mon esprit, il fallait annuler ce fiasco tout de suite pour le bien-être de ma santé mentale. Je me sentais comme une personne pourrait se sentir en connaissant la date ultime de sa mort, un animal sur le chemin de l'abattoir.

Mais les patients continuaient à arriver, au compte-gouttes, comme s'ils s'étaient tous ligués contre moi.

Il était midi et demi, pour la première fois je décidai de rentrer chez moi pour mon heure de table.

Par chance, il était là. Mon estomac commençait à se nouer. Il discutait probablement avec un client, je m'approchai, restant légèrement en retrait.

Il coupa sa discussion et leva les yeux sur moi.

— Tu as besoin de quelque chose? me demanda-t-il d'un air presque gentil.

Suffisamment intelligente pour avoir trouvé un motif à ma visite, je lui parlai de l'état de santé de sa grand-mère.

Son taux de sucre commençait à diminuer, le traitement agissait, son état s'améliorait et la plaie cicatrisait.

Il me sourit sans dire un mot. Cela me terrifiait encore plus.

Faisant mine de partir, je rageais. Ça ne s'était pas du tout déroulé comme je l'avais prévu. Il était censé annuler notre sortie de vendredi.

Je lui en avais donné l'occasion, qu'attendait-il pour la saisir?

Je me retournai dans sa direction, bien qu'il avait repris sa conversation avec son interlocuteur, son regard était toujours fixé sur moi.

Prenant mon courage à deux mains et attrapant mon pendentif je fis mine d'une question «poignée de porte». Cela arrivait souvent dans mon travail.

Après vingt minutes de consultation, le patient posait toujours une dernière question, la main posée sur la poignée de la porte, juste avant de partir. Comme s'il n'avait pas eu le temps ou le cran de la poser. Avec du recul dans la profession, on se rend compte qu'il s'agit avant toute chose de la première raison de leur visite.

— Pour demain... commençai-je sans qu'il me laisse terminer ma phrase.

— Je fermerai plus tôt, dix-neuf heures, ça va? me demanda-t-il en arborant le même sourire diabolique que la veille.

Je lui souris timidement et acquiesçai.

L'après-midi allait être long, je n'avalai rien et je retournai très vite au travail.

J'envoyais un message à Maria, un «c'est foutu» qui resta sans réponse de sa part.

À ma grande joie, elle débarqua au dispensaire une vingtaine de minutes plus tard.

Elle était adorable, mais ce que j'appréciais particulièrement chez elle était sa franchise.

Je me trouvais à moitié avachie sur mon bureau et le regard d'un animal apeuré quand elle passa la porte.

Elle se mit à rire.

— Tu ne crois pas que tu exagères? s'exclama-t-elle ironiquement.

— Tu n'as jamais rêvé que tu arrivais en cours sans un seul vêtement sur le dos au regard de tous, ou pire arriver à un examen sans avoir révisé? Ben, c'est comme ça que me sens, en plein cauchemar, lui répondis-je tenant ma tête entre mes mains.

— Tu exagères, réitéra-t-elle plus sérieusement.

Elle essayait de me réconforter. Après tout, il avait été correct ces derniers jours, peut-être qu'avoir soigné sa cousine et sa grand-mère nous avait fait enterrer la hache de guerre.

J'avais de terribles nausées, n'avoir rien mangé et le stress accumulé transformait mon estomac en volcan à la limite de l'éruption.

Comment pouvait-elle imaginer que ça puisse bien se passer? Elle n'avait pas vu son sourire, presque satisfait, élaborant un plan machiavélique dans lequel j'allais me jeter en toute impunité.

Avait-elle entendu parler de l'intuition féminine?

— Tu deviens parano. Me dit-elle en souriant.

— Peut-être... ou je vais juste leur donner une raison supplémentaire de se moquer de moi. Tu sais comment il m'appelle dès que j'ai le dos tourné? rétorquai-je songeuse.

J'étais certaine qu'elle le savait mais elle eut le tact de se taire.

— «bicho» ajoutai-je.

Elle étrangla un rire.

— C'est mignon une petite bestiole, s'esclaffa-t-elle. C'est pas si méchant.

— Je veux juste savoir ce qu'il faut que je fasse, grommelai-je.

— Il n'a pas encore gagné, tu y vas, et tu te fais belle, me conseilla-t-elle d'un ton maternel.

— Tu parles d'un conseil, je vais tellement baliser que je risque de lui vomir dessus. Le summum de la fille sexy.

Je passais un super après-midi de travail, de remontées acides

et de migraine. Mais ironiquement, j'essayais de rester positive en suivant le conseil de mon amie.

Inutile de dire à quel point ma nuit fut mauvaise. Recommençant mes rêves érotiques. Le voyant en sueur, plongé sous le capot d'une voiture, je m'approchais. Vêtue d'une simple nuisette transparente, il m'allongeait à même la voiture. Ses doigts remontaient mes vêtements et je sentais sa langue glisser dans mon sexe. Je me cabrais de plaisir. Il se relevait pour m'embrasser. Me laissant me délecter de sa bouche emprunte du goût de mon désir, je le dévorais.

Je m'éveillai en sursaut au bord de l'orgasme.

Honteusement, j'enfouissais la tête sous l'oreiller. Refrénant l'envie de me toucher, j'essayais de me rendormir.

Je me levai avec d'énormes cernes sous les yeux. De quoi me sentir encore plus belle ce soir.

J'essayais de m'imaginer dans la salle d'attente chez le dentiste. Impossible de fuir, laissant mourir chaque minute nous rapprochant de l'ultimatum.

Ni concentration ni motivation ne m'accompagnèrent au boulot ce jour-là.

J'en arrivai même à regretter la soirée avec Hector, qui ne m'aurait causé que des nausées liées à son eau de toilette.

Je fixais ma montre toutes les cinq minutes, implorant le temps de s'arrêter un instant.

Mais rien n'y fit, le temps de rentrer et me préparer arriva à toute vitesse.

Je préférai une tenue sobre, un peu passe-partout, contrairement au conseil de Maria.

J'enfilais un pantalon noir et un cache-cœur blanc. Je favorisais mon bien-être à la beauté. Je gardai même mes cheveux attachés pour le coup.

Autant mourir en étant bien dans sa peau, pensai-je en riant.

Comment cette conne de Carrie n'avait elle pas vu le piège se refermer sur elle? Alors que moi, je le respirais à des kilomètres.

Il était dix-neuf heures cinq, et toujours pas de Toni en vue.

Il me prit une envie décapsuler la Corona de la victoire, la fin de la fin du monde.

Alors que j'enfouissais la tête dans le réfrigérateur, je sentis un courant d'air derrière moi. J'osais à peine lever les yeux et me retourner.

Il était là, devant moi, entré par la porte du jardin restée ouverte. Il me prit la bière des mains.

— Pas maintenant. On y va, dit-il d'un ton moralisateur.

Je le suivis sans rechigner.

Il prit la vieille Mustang grise avec laquelle il arrivait tous les matins. En entendant le moteur gronder, on pouvait imaginer le nombre de chevaux qu'elle avait sous le capot.

Je le regardais du coin de l'œil, il portait un pantalon brun clair, un singlet blanc couvert d'une chemise blanche crème avec un motif ailé sur la manche. Il était très souvent habillé dans les tons clairs, ça ne lui allait pas si mal. Il s'était douché, je sentais l'odeur de son shampoing porté par le vent de la vitre ouverte, mais pas parfumé.

Il régnait un silence de mort, mais je ne trouvais aucun mot pour le briser. Lui de même d'ailleurs, j'étais certaine que comme moi, il n'avait aucune envie d'être là.

Je repensais à mon rêve, une légère tension dans le bas de mon ventre me fit rougir.

Il roulait bien trop vite pour la largeur des rues et la visibilité qu'on avait sur les véhicules qui arrivaient dans le sens contraire. Je me crispais au siège baquet, ce qui lui arracha un sourire.

— Tu n'as pas confiance? me demanda-t-il.

Je répondis par un soupir. Ce fut le seul dialogue du trajet.

Nous arrivâmes face à un bar à la façade assez rustique, «El Batey Bar». L'extérieur et l'intérieur de construction en pierres brutes ne manquaient pas de charme. Les murs y étaient entièrement recouverts de graffitis, messages ou signatures. Comme si chaque personne visitant ce lieu y laissait une empreinte de son passage.

Au-dessus du bar pendaient des luminaires où étaient également accrochés de petits messages et billets de banque en provenance d'autres pays.

À sa façon de saluer le barman, je compris que Toni fréquentait souvent ce lieu. Il lui fit un signe que l'homme acquiesça.

— Attends, me demanda-t-il en se retournant sur moi. Loin d'imaginer qu'il se souvenait que je le suivais, je ne savais où regarder. Cet endroit, tellement fascinant, me plaisait beaucoup.

Combien de personnes dans le monde s'y étaient arrêtées en y laissant une trace?

Toni s'enfonça vers le fond du bar et disparu.

Le barman déposa à ma hauteur un verre de Tequila et une bière.

J'attendais seule, avec comme seule compagnie la petite voix dans ma tête qui se demandait s'il avait prévu de revenir.

Encore une prémisse de la théorie de la relativité. Quand vous passez un bon moment, le temps file à toute vitesse mais dans le cas contraire, les minutes vous semblent des heures. Je parcourais des yeux toute la salle. J'étais la seule femme, une bande de jeunes me dévisageaient regroupés autour d'une table et deux hommes plus âgés n'avaient même pas remarqué ma présence.

Je préférais me retourner vers le bar. L'homme derrière me sourit en continuant d'essuyer ses verres. Je découvris installée à l'arrière de celui-ci une étagère remplie de bouteilles d'alcool typique de la région que je ne connaissais pas.

Devais-je avoir l'air si désespérée? Certainement.

Je vis du coin de l'œil une personne se rapprocher de moi.

Soulagée, je me retournai. Hector, s'installa à côté de moi. Même si je m'interrogeais sur sa présence, je pris un air naturel en le saluant. Il n'était assurément pas la personne que j'attendais, mais j'étais contente de pouvoir discuter avec quelqu'un d'autre que mon esprit.

Il me parlait du dispensaire et l'arrivée progressive des patients.

Il m'interrogeait également sur l'état de ma voiture, toujours pas réparée. Il eut l'air agacé.

— Je vais régler le problème, m'assura-t-il en soupirant.

J'eus très envie de lui souhaiter bon courage mais je m'abstins.

J'avalais ma Tequila. Toujours pas de Toni à l'horizon.

Je m'ennuyais. Bien qu'Hector semblait assurément gentil, il n'avait pas beaucoup de sujets de conversation.

Après quelques minutes de silence, il mit sa main dans mon dos.

J'esquivai son geste me retournant pour chercher des yeux Toni.

Je sentais qu'il me fallait prendre la fuite avant que la situation ne dégénère.

Hector me relança sur une invitation à dîner. Il allait probablement commencer un monologue car il n'y avait aucune chance que je réponde à ses avances.

Il me demanda si je m'étais fait des amis. Mise à part Maria, je ne voyais personne d'autre à lui citer.

Il déviait la conversation, attaquant ma vie sentimentale.

J'éludai la question invoquant une migraine. Il était temps que je prenne congé.

Il se proposa de me reconduire. Même si la situation ne me convenait guère je n'étais pas en mesure de refuser, Toni n'ayant pas réapparu.

Toutefois, je ne voulais pas partir sans un minimum d'explications. Pourquoi m'avait-il planté là?

— Je vais aux toilettes, signalai-je à Hector avant notre départ.

Je pris sur moi de partir à la recherche de Toni. Je suivis la direction qu'il avait empruntée avant de disparaître.

Il y avait une deuxième salle à l'arrière, m'approchant, je reconnus des voix familières. Celles-ci se turent à mon arrivée.

— Je m'en vais, soupirai-je à Toni déconcertée par son comportement.

Il me sourit d'un air amusé. Le frère de Maria était présent aussi, ainsi que deux autres jeunes hommes que je n'avais jamais vus. L'un d'entre eux, très occupé avec une jeune fille, ne remarqua pas ma présence. Fernando, qui ne semblait pas cautionner le comportement de Toni, lui lança un regard désapprobateur.

— Quoi? Je devais l'emmener prendre un verre, elle l'a eu son verre, non? s'esclaffa Toni en direction de Fernando.

S'en suivirent des rires.

Me retournant pour quitter la pièce, je me fis bousculer par une jeune fille. Elle s'excusa et alla s'asseoir sur les genoux de Toni dont le regard satisfait ne me quitta pas un instant.

Il était clair que physiquement je ne rivalisais pas du tout avec le genre de filles qu'il côtoyait.

Je n'étais pas triste que ce soit enfin terminé. Satisfaite qu'il ne m'ait pas couverte de sang de cochon, je rentrai chez moi ni déçue, ni fâchée, juste fatiguée.

Je remerciais Hector de m'avoir ramené.

J'étais enfin chez moi. Je pris l'initiative de fermer toutes les fenêtres avant d'aller me coucher. Après m'être remémoré la scène de la bousculade, il se pouvait que la soirée sur le trottoir d'en face soit une nouvelle fois bruyante. Je préparai mes écouteurs et ma playlist sur le côté de mon oreiller.

Je préférais passer la nuit avec la voix de Tony Dize plus tôt qu'avec la bande-son d'un film interdit aux moins de dix-huit ans.

J'allai me glisser sous la couette quand on frappa à la porte.

Se pourrait-il que je puisse passer une soirée au calme pour une fois? me demandais-je en allant ouvrir.

Hector s'excusa du dérangement, il me tendit une enveloppe.

— Donne ça à Toni pour la réparation de la voiture, on va le presser un peu, me dit-il. Il partit en me souhaitant une bonne nuit.

Je passais effectivement une bonne nuit, il était presque neuf heures quand je m'éveillai.

Nous étions en week-end et même si j'étais de garde pour les urgences, je n'étais pas tenue d'ouvrir le dispensaire.

J'allais profiter de ma journée pour nettoyer la petite piscine qui se trouvait dans mon jardin. J'en avais bien pour quelques heures vu l'état dans lequel elle se trouvait.

Alors que le travail avançait bien, Maria arriva, très certainement curieuse du déroulement de ma soirée passée.

Elle m'écoutait attentivement arborant une légère déception dans le regard.

— Tu n'aurais pas dû y aller, je n'aurais pas dû t'inciter, regretta-t-elle.

— Ne te tracasse pas, ça aurait pu être pire, la rassurai-je.

Je l'invitais à prendre une pause apéro. Elle fit le service le temps de me débarbouiller. Quelle saleté avais-je ôté de cette piscine!

Me savonnant rigoureusement les mains jusqu'aux avant-bras, je fixais l'enveloppe remise par Hector la veille.

J'expliquai à Maria en la lui pointant du doigt.

— Tu ne voudrais pas m'accompagner, je me sentirais plus à l'aise, lui demandai-je.

— Pas de soucis, me répondit-elle en commençant l'apéritif sans moi.

Elle avait là une super idée.

— Buvons un verre avant, ça me donnera du courage, lui dis-je en riant.

Au fur et à mesure que nous nous approchions du garage, mon stress montait, malgré la présence de Maria et la dose d'alcool ingurgité.

Je m'approchais de Toni, qui, comme figé de la soirée passée, avait gardé le même sourire satisfait. J'essayai de ne pas trembler en lui tendant l'enveloppe.

Il me la prit des mains me lançant un regard interrogatif.

— C'est pour la réparation de la voiture, pour que tu puisses commander les pièces, risquai-je.

— Ce n'est pas à toi à payer, grogna-t-il en détournant le regard.

— C'est Hector qui me l'a remise pour toi.

L'expression de son visage changeât en une fraction de seconde, il perdit son sourire amusé.

51

— Il te donne de l'argent maintenant, on se demande en échange de quoi, ricana-t-il en jetant violemment l'enveloppe sur une étagère.

Je ne pouvais croire en ses propos, pour qui me prenait-il?

Je sentais mes larmes monter, pour la première fois, il allait réussir à me faire pleurer. Pourquoi était-il aussi cruel?

Une voix à l'arrière du garage ressemblant à celle du frère de Maria résonna.

— C'est quand on visite sa villa ou son bateau qu'Hector paie d'habitude.

Maria lança un regard de mépris en direction de l'arrière du garage.

Je restai figée, terriblement blessée et humiliée par ses paroles.

Fernando s'approcha de Toni, satisfait de sa boutade sans prendre attention que sa sœur m'accompagnait.

— C'est méchant et puéril, hurla Maria en direction de son frère, furieuse.

Je ne pus retenir mes larmes plus longtemps. Je fis demi-tour, couverte de honte.

À la maison, Maria essaya de me réconforter mais rien n'y fit.

Je terminais notre apéritif et m'en resservais un autre.

Je savais qu'elle devait aller travailler, nous étions samedi. Elle ne voulait pas me laisser seule mais j'insistais pour qu'elle parte. Je sentais le besoin d'être seule.

Après quelques verres, je décidai d'aller m'allonger sur le lit.

J'eus beau monter le volume de la musique, les mots qu'il avait prononcés résonnaient en boucle dans ma tête.

Je m'endormis en pleurant alors que la nuit n'était pas encore tombée.

Il devait être trois heures du matin quand un bruit métallique m'éveilla.

Je me levai pour vérifier, ce n'était pas la première fois qu'un patient frappait à ma porte en pleine nuit, mais le bruit semblait différent.

Je traversai la maison dans l'obscurité, évitant les obstacles en travers de mon chemin. J'aperçus un halo lumineux autour de la porte du garage. À tâtons, je fouillai le plan de travail de la cuisine pour dénicher de quoi me défendre. Je tombais sur un couteau de cuisine de la taille d'un éplucheur. C'était déjà mieux que rien.

Je poussai la porte doucement, m'attendant à surprendre d'éventuels cambrioleurs et les faire fuir à l'aide de mon ridicule couteau.

Le capot de la voiture était grand ouvert et Toni leva les yeux vers moi. Mon arme de défense lui arracha un sourire.

— Je t'ai réveillée? me demanda-t-il s'épongeant la sueur de son front avec la manche de sa chemise.

— Qu'est-ce que tu fabriques chez moi à cette heure-ci? J'étais toujours furieuse et l'intonation de ma voix ne s'en cachait pas.

— On m'a payé pour réparer la voiture, je répare la voiture, marmonna-t-il.

— Pas à trois heures du matin Toni, fous le camp de chez moi.

Il prit un air calme malgré mon agressivité et soupira.

— J'arrivais pas à dormir.

Ne sachant que répondre, je sortis du garage. Impossible d'aller me recoucher, et puis j'avais dû m'assoupir en fin d'après-midi, la fatigue ne se faisait plus ressentir.

Je préparai du café. Je restais immobile, regardant le breuvage s'écouler goutte à goutte.

Que faisait-il en pleine nuit chez moi, et comment arrivait-il à rentrer sans y être invité?

— C'est fait, me signala-t-il alors que je ne l'avais pas entendu arriver derrière moi. Je sursautai au son de sa voix.

J'attrapai deux tasses dans l'armoire et les remplis de café bouillant. Je reculai la sienne dans sa direction.

— Merci, me dit-il en la prenant.

— Merci aussi pour la voiture. Soupirai-je le visage plongé dans ma tasse.

Il eut l'air agacé par mes paroles.

— Tu n'as pas à me remercier, j'ai été payé pour, tu te rappelles?

— J'ai réellement besoin de cette voiture Toni, tu pourrais juste essayer de comprendre, rétorquai-je.

Sur un ton sarcastique il m'attaqua à nouveau.

— Pour une fille comme toi, je me doute, ricana-t-il.

— Qu'entends-tu par «une fille comme moi»? risquai-je, anticipant d'attirer ses foudres.

— Une petite fille gâtée habituée au luxe. Me répondit-il en me dévisageant d'un regard de colère.

— Tu te trompes sur mon compte Antonio, la vie ne m'a pas fait de cadeau et j'ai dû me battre pour arriver là où je suis.

— Te battre? me demanda-t-il en colère et poursuivant sans me laisser aucune chance de répondre. Te battre pour manger, pour trouver un travail? T'es-tu battue un jour pour quelqu'un d'autre que pour toi même? D'ailleurs, dis-moi pourquoi es-tu venue ici? acheva-t-il.

— Je pensais pouvoir me rendre utile, lui répondis-je agacée.

Je ne pus rien ajouter de plus, il me coupa.

— Tu n'es venue que pour ajouter une étoile à ton palmarès de médecin, puis tu repartiras remplie d'orgueil de penser avoir fait la bonne action de ta vie.

Il déposa sa tasse et se dirigea vers la porte d'entrée. Il resta un moment la main sur la poignée, pensif.

— N'oublie pas que l'enfer est pavé de bonnes intentions, clôtura-t-il avant de claquer la porte.

Je restais pensive sur ses paroles, avais-je rêvé ou avait-il cité Clairvaux?

Il n'est pire sourd que celui qui ne veut pas entendre. Je devrais m'en faire une raison dorénavant, lui et moi n'étions pas du tout compatibles socialement.

Je dus quand même reconnaître qu'il ne se trompait pas sur toute la ligne.

J'avais toujours pensé que la bonne action pure n'existait pas. On en attend toujours une forme de reconnaissance, qu'elle soit réelle ou divine.

Là où il se trompait c'était certainement sur le côté matérialiste de ma vie.

Je retournai m'allonger sur le lit mais je ne pus dormir. Je méditais ses dernières paroles sans pour autant comprendre sa colère.

2

La paresse

«Il est tellement plus facile de contourner la difficulté pour arriver à ses fins.»

Quelques semaines s'étaient écoulées. Le dispensaire était de plus en plus rempli et je n'avais pour ainsi dire plus une minute à moi. Je profitais de ma voiture pour visiter mon pays d'accueil, soit seule, soit en la compagnie de Maria.

J'eus la chance de pouvoir assister à plusieurs conférences au sein de l'hôpital universitaire de l'île.

Je rencontrais des collègues de toutes nations avec qui nous échangions pratique et culture de la profession.

Je m'étais fait un nouvel ami, le chef de service aux urgences de l'hôpital. Franck venait de la banlieue de Paris. Arrivé comme moi pour un contrat de deux ans, il avait trouvé l'amour et fondé une famille.

Il vivait avec sa femme et ses deux enfants non loin de son lieu de travail depuis bientôt dix ans.

C'était un grand blond très maigre aux cheveux bouclés camouflant l'ossature saillante de son visage. Il aimait dire qu'il ne portait ses lunettes que pour avoir l'air plus intelligent. Mais la première chose qu'on apercevait en le regardant était ses yeux d'un bleu azur.

Nous nous amusions de temps en temps à discuter en français ensemble.

Une amitié naquit tout naturellement entre nous. Je lui avais confié vouloir prolonger mon séjour à la fin du contrat.

Je savais que le gouvernement octroyait une prime pour chaque médecin envoyé. Il était donc quasi certain qu'il ne renouvellerait pas le mien. Il leur était moins onéreux d'engager un autre prestataire de soin.

Je prenais les devants pour solliciter l'aide de Franck. Grâce à des amis haut placés dans la hiérarchie de l'hôpital, il pouvait me décrocher un poste au sein de leur équipe.

Après un démarrage compliqué, tout semblait rentrer dans l'ordre.

Je me sentais mieux dans ma peau. Je me sociabilisais.

Le soir, il m'arrivait de m'arrêter sur une plage, une heure ou deux, juste pour me ressourcer. Le stress disparaissait progressivement.

J'avais un faible pour Isla Verde au nord de l'île. Une grande plage de sable fin, entourée de grands palmiers où l'eau y était turquoise.

Un lieu paradisiaque comme on en trouve sur les cartes postales.

J'y allais souvent le dimanche, je restais des heures en regardant la mer, le bruit des vagues et du vent m'apaisait.

Mon domicile ne me servait plus qu'à manger et dormir. J'y passais de moins en moins de temps.

Il n'y avait donc plus de prise de tête avec mon cher voisin.

Mis à part quelques regards incompris lorsqu'on se croisait, nous ne nous adressions plus la parole.

Le seul nuage obscurcissant mon ciel bleu se dénommait... Hector.

Il était également la cause de la fuite continuelle de mon domicile.

Il n'y avait plus un jour où je ne le croisais pas, selon lui, par le fruit du hasard. Ses demandes incessantes pour que je sorte avec lui m'exaspéraient au plus haut point, et je tombais doucement à cours d'excuses pour les lui refuser.

À deux reprises, il m'avait fait envoyer des fleurs. Tôt ou tard je savais que je serais confrontée à lui parler sincèrement pour qu'il me fiche définitivement la paix.

Nous étions samedi matin, le soleil brillait depuis quelques heures, dominant un ciel d'un bleu éclatant.

Je m'activais au fourneau. Je tentais un quatre-quarts au chocolat, un essai pour l'anniversaire de Maria arrivant à grands pas.

J'avais déniché sur le net un service de commande en ligne et m'étais fait livrer quelques produits de mon pays. Le chocolat s'y trouvait en tête de liste.

Alors que je sortais mon gâteau du four, j'entendis le ton monter sur le trottoir d'en face.

Je regardais discrètement par la fenêtre et vis au même moment Maria arriver.

Sortant pour l'accueillir, elle me fit signe de l'accompagner.

— Viens, je vais déposer le déjeuner de mon homme, il l'a oublié ce matin, me dit-elle en prenant la direction du garage, un sac plastique à la main.

Je la suivis volontiers, un peu curieuse des cris entendus juste avant son arrivée.

Arrivées à la porte du garage nous vîmes Hector en sortir. Il s'avança vers nous, se plaignant de la saleté de

l'endroit et essayant de dépoussiérer ses chaussures noires
vernies.

— Ce n'est que du sable Hector, lui signalai-je, amusée par la situation.

Le moindre vent ramenait du sable des plages avoi-
sinantes.

Je ne pus m'empêcher de rire. Toni sortit à son tour.

Bien qu'il ne semblait pas de bonne humeur, mon rire
lui décrocha un sourire.

Hector et lui entreprirent une discussion financière assez houleuse à laquelle nous n'étions pas conviées. Maria
et moi en profitâmes pour nous éloigner.

Entre Toni et Hector d'un côté et Maria et Miguel de
l'autre, je ne savais où poser les yeux. Je me sentais la cin-
quième roue du carrosse.

Je me retournai inconsciemment vers Toni. Hector
me tournant le dos, nos regards se croisèrent. Je ne savais qu'en penser mais je n'arrivais pas à m'en décrocher.
J'entendis Hector s'énerver.

— Tu n'écoutes même pas ce que je dis, s'exclama-t-il
sur Toni qui semblait décalé à la conversation.

Je me sentis rougir en pensant en être la cause et me
mis à sourire bêtement.

Je baissai les yeux instinctivement quand j'entendis
à nouveau Hector lui demander ce qu'il y avait de drôle
à la situation.

Je me retournai timidement vers Toni et son regard
était toujours posé sur moi.

Alors que Maria et moi allions traverser pour rentrer, Hector m'agrippa le bras. Il sollicitait ma présence
à une soirée privée qu'il organisait sur son bateau le samedi suivant.

Je me sentis désespérée, prise au dépourvu par sa demande, je me rappelais des paroles blessantes qu'avait eues Toni à propos d'Hector et son bateau.

— Raté Hector, samedi prochain nous sommes de sortie pour mon anniversaire, déclara Maria, me tirant vers la maison.

— Tu m'as sauvée, murmurai-je à Maria me retenant de rire en rentrant chez moi.

Elle me confirma la sortie. Elle n'en avait encore parlé à personne car elle attendait une permission de congé de son patron.

J'accueillis la nouvelle avec enthousiasme.

Le début de semaine fut assez calme au travail. J'eus le temps de faire un peu de shopping en vue de notre soirée.

Je prenais un sac qui plaisait beaucoup à Maria comme cadeau et me trouvais la robe parfaite, assortie aux chaussures.

Je craquais pour une petite robe assez courte, de couleur violette en soie. Je choisissais des chaussures aubergines pour s'allier à la teinte. Je voulais absolument que Maria soit fière de ma tenue, elle qui trouvait que je ne me mettais jamais en valeur.

Tellement pressée d'être samedi que la semaine paraissait interminable.

Nous arrivions enfin au dernier jour de boulot. Un vendredi torride annoncé par les informations météorologiques.

J'avais abandonné les pantalons trop chauds au profit de jupes plus légères.

J'arrivais au dispensaire et aucun patient n'attendait. J'espérais quand même un peu de travail aujourd'hui pour

que la journée passe plus vite. Je ne pensais qu'à la soirée du lendemain.

Je m'installais au bureau afin de rattraper un peu
de retard sur certains dossiers. Je retranscrivais des
résultats de laboratoire appuyant mes démarches thé-
rapeutiques. La prévision de modifier des traitements
suite aux protocoles d'examens reçus de l'hôpital. Tandis
que j'étais plongée dans mon portable je commençais à
sentir mon bureau et ma chaise trembler. La bouteille
d'eau située sur le réfrigérateur devant moi se renversa.
L'entièreté de mes étagères se mit à vibrer. J'entendais
les flacons à l'intérieur tomber et se briser. Je mis un
moment avant de réaliser que nous faisions face à un
tremblement de terre, n'ayant aucun souvenir d'en avoir
vécu durant ma vie.

Des alarmes de voitures se déclenchèrent au même
moment dans la rue.

Je me dirigeai vers la sortie du bâtiment quand j'entendis des cris.

Un attroupement de personnes se formait autour d'un
homme allongé au sol. Je me mis à courir dans sa direction. Il s'agissait d'un homme d'une soixantaine d'années
qui s'était soudainement écroulé à la suite de la secousse.
Ses lèvres étaient déjà cyanosées.

Je m'agenouillais à ses côtés. Je ne percevais plus de
pouls.

— Appelez une ambulance! criai-je à la foule.

Il portait un costume de bonne coupe et une chemise
en soie blanche.

Je déchirai la chemise, arrachant au passage l'entièreté des boutons. Je commençai un massage cardiaque.
L'homme était de corpulence forte, je dus user de force.

Au bout de quatre minutes, je n'arrivais pas à le récupérer. Mon massage n'était pas suffisamment puissant. Il lui fallait un choc électrique externe du pauvre, ce qu'on dénomme dans notre jargon et qui se définit par un coup de poing sternal aidant le cœur à repartir. L'ambulance n'arrivant pas, je me redressais sur mes genoux sous les yeux ébahis des badauds.

Je sentais les gravillons de l'asphalte m'écorcher les genoux. Je savais qu'un tel choc non mesuré pouvait entraîner la fracture des côtes et compliquer sa convalescence au niveau respiratoire mais je ne voyais pas d'autres choix.

Je scellai mes mains pour augmenter la puissance du coup que je m'apprêtais à porter. Je ne portai qu'un seul choc au niveau de son thorax quand j'aperçus l'homme remuer la tête. Ses lèvres reprirent assez rapidement une couleur normale.

— Ça va aller monsieur, ne bougez pas, l'ambulance va arriver, le réconfortai-je en surveillant son pouls carotidien.

Sous le choc et à demi conscient, il ne me répondit pas.

L'ambulance arriva juste après mes quelques mots de réconfort.

Je pressai les soignants à prendre en charge mon patient.

— On a une crise cardiaque ici, vous en avez mis du temps, m'inquiétai-je.

Apparemment, la secousse avait endommagé le système électrique de la porte du hangar d'où devaient sortir leurs véhicules.

J'aidais les ambulanciers à placer la voie d'entrée à l'éventuel traitement qu'il devrait recevoir durant le trajet.

Placé sur la civière, il allait certainement s'en sortir. Je prévenais mes collègues de vérifier d'éventuelles lésions des côtes liées à mon traitement. Je ramassai son porte-document tombé lors de sa chute et le plaçai dans l'ambulance.

J'allais quitter le véhicule quand le patient attrapa mon bras, il dégagea légèrement son masque à oxygène.

— Merci docteur, me dit-il, essayant de me sourire.

— Vous serez bientôt sur pieds, monsieur, lui répondis-je, laissant mes collègues l'emmener.

Je retournai au dispensaire sous les yeux de la foule qui se dissipait.

Un jeune homme se tenant la tête ensanglantée attendait dans la salle d'attente.

Je présageai une très longue journée qui m'attendait.

Alors que je terminais de nettoyer la plaie du pauvre garçon, assommé par un projectile tombé d'une toiture, on frappa à la porte.

Toni se tenait devant moi la main enveloppée dans une serviette blanche couverte de sang.

Je le fis s'installer à la place du jeune homme qui venait de prendre congé.

— Que s'est-il passé? m'inquiétai-je en déballant sa main du bandage de fortune.

— Le capot d'une voiture est retombé quand la terre a tremblé, me renseigna-t-il.

Je préparais trois flacons sur la table de soin. Heureusement, tout ne s'était pas brisé durant la secousse.

J'installais devant lui un petit bassin de trempage. La plaie saignait beaucoup et il fallait la nettoyer avant de la suturer.

J'hésitai un instant à me tromper de désinfectant et lui verser de l'alcool à septante degrés sur la main, une petite vengeance sadique qui me fit sourire.

Je fis tremper sa main un instant dans une solution désinfectante aqueuse pendant que je renversai de quoi le suturer sur un champ stérile.

— De quand date ton dernier vaccin Tétanos? me renseignai-je.

Il ne sut me répondre.

Je sortis un vaccin du frigo. Je m'approchai de lui la seringue à la main.

— Tu auras gagné une injection supplémentaire, lui signalai-je en soulevant la manche de son T-shirt.

Je me trompai de bras, je ne pouvais rien injecter dans son bras droit, l'épaule complètement recouverte d'un tatouage. Pour la première fois je le voyais de près. En fait, je me rendais compte que pour la première fois, je le touchais.

Mon cœur se mit à battre plus fort à cette pensée et je dus inspirer profondément.

Je le contournai donc pour avoir accès au bras gauche.

J'injectais son vaccin quand il brisa le silence.

— Tu as eu peur? me demanda-t-il avec une douceur que je ne lui connaissais pas.

— Pas au point de faire mes valises, si c'est ta question, lui répondis-je, sarcastique.

— Ça ne l'était pas mais je suppose l'avoir mérité, ajouta-t-il.

— Oui, tu l'as mérité, lui lançai-je sèchement, m'asseyant face à lui.

Je remplissais le second bain par de l'eau oxygénée pour nettoyer le tissu écrasé en profondeur des bactéries n'ayant pas besoin d'oxygène pour proliférer.

Le bain moussa au contact de sa main.

— Tu saignes. S'inquiéta-t-il, désignant mon genou.

Je lui expliquai brièvement l'épisode de l'homme ayant fait une crise cardiaque avant son arrivée.

— C'est pas grave, je nettoierai plus tard, ajoutai-je en souriant.

Je terminai mon nettoyage avec une solution saline de rinçage.

La plaie avait presque cessé de saigner. Je la tamponnai à l'aide de compresses pour la sécher. Il aurait besoin de quatre points de suture. J'anesthésiai la zone quand je remarquai ma jambe accolée à la sienne. Je sentis mes mains commencer à trembler.

Il prit conscience de ma réaction et attrapa une compresse imbibée de désinfectant pour essuyer mon genou ensanglanté.

— Fais attention que je ne mette pas du sang sur ton pantalon, esquivai-je.

Il me montra l'autre jambe de pantalon rempli par le sang de sa main l'ayant éclaboussé.

— Je ne suis plus à ça près, me confia-t-il.

Je lui refermai sa plaie avec quatre points résorbables qui tomberaient seuls au bout de quelques jours.

Je recouvris le tout avec un pansement.

J'avais presque terminé quand je pris conscience que je tenais sa main et non celle d'un patient. Je sentis ses doigts se refermer légèrement sur les miens. Je levai mes yeux vers lui, interrogative sur son action quand je fus absorbée par son regard.

Ses yeux noir intense me rappelaient la brillance de la mer à la nuit tombée, si calme en surface et si mystérieux en profondeur.

Je n'arrivai pas à décrocher mes yeux des siens, alors que nos mains continuaient à se toucher. Nous restâmes bloqués tous deux sur cet instant. Le temps s'était figé. Une sensation de bien-être m'envahit, identique à celle que je ressentais, seule, face à l'immensité de l'océan.

La porte s'ouvrit brusquement, ce qui brisa la connexion mystique qui nous lia le temps d'un instant.

Hector faisait irruption dans la salle de soin complètement paniqué.

— Je t'avais dit de venir manger avec moi ce midi au lieu de rester dans cet endroit miteux, s'écria-t-il dans ma direction.

Il n'avait pour ainsi dire pas octroyé une quelconque attention à la présence de Toni.

— J'aime cet endroit miteux Hector, et puis je t'ai déjà demandé de frapper avant de surgir ici, lui rétorquai-je, exaspérée.

Toni se leva pour partir, j'attrapai une paire de gants pour lui donner afin qu'il ne salisse pas son pansement.

Je n'osai pas le regarder, ressentant une légère honte quant au sentiment que j'avais éprouvé à son égard.

Je lui tendis les gants qu'il saisit, effleurant à nouveau mes doigts.

Je remerciai Hector pour sa sollicitude à mon égard, lui demandant de me laisser travailler.

La salle d'attente était bondée et certains patients attendaient sur le trottoir.

Je ne sus dire exactement le nombre de patients que j'auscultais cet après-midi-là. Ils arrivaient les uns après les autres pour diverses blessures et malaises engendrés par le tremblement de terre.

Par contre, je ne pus chasser le regard de Toni de mon esprit. Il arrive que quand une pensée vous hante, vous décodiez des signes qui n'ont pas lieu d'être. J'essayais de me réconforter de la sorte mais rien n'y fit. Je me repassai la scène en boucle malgré l'afflux de patients.

Je terminai très tard ce soir-là. Il était presque vingt et une heures trente lorsque je repris le chemin de la maison. J'étais exténuée et me rendis compte sur le trajet n'avoir pas pensé un seul instant à la soirée du lendemain. Mais j'étais en congé, je pourrais m'octroyer quelques heures de sommeil en plus.

J'arrivai face à ma devanture quand je vis Toni assis sur les marches de mon perron.

— J'ai dû me cogner et mon pansement est recouvert de sang, me dit-il calmement.

Je l'invitai à entrer. Déposant mon sac sur une chaise, j'ôtai mes chaussures devenues douloureuses après de longues heures à rester debout.

Je sortis deux bières du réfrigérateur et les posai sur le plan de travail de la cuisine à proximité de lui.

— J'arrive, lui murmurai-je en prenant la direction de la salle de bain.

Je pris de quoi refaire son pansement et me lavai les mains. Je perçus le bruit du décapsulage des bières.

— Je ne voulais pas te déranger à cette heure-ci, peur que tu rentres seule, me cria-t-il au loin.

Bien que j'avais compris où il voulait en venir, je jouais l'idiote en revenant vers la cuisine.

— J'ai pas arrêté cinq minutes mais je ne ramène jamais de travail à la maison, lui signalai-je en souriant.

— Je pensai qu'Hector…

Je lui coupai son élan l'empêchant de terminer sa phrase.

— Je ne m'intéresse pas à Hector, Toni, lui déclarai-je froidement.

Je m'empressai de déballer son pansement craignant sa réaction face à ma réponse. Mon cœur cognait dans ma poitrine. Je ne pouvais m'empêcher de penser que sa présence n'était pas le fruit du hasard.

Effectivement, sa plaie avait saigné mais aucune suture n'avait lâché. Je refis à nouveau son pansement.

J'avalai une gorgée de bière le travail terminé.

— Tu vas à l'anniversaire de Maria demain? me demanda-t-il pointant le paquet emballé sur la table.

— Je ne manquerais ça pour rien au monde, lui répondis-je en riant.

— À demain alors, j'ai encore de la paperasse à terminer, me dit-il terminant sa bière.

Je le raccompagnai vers la porte d'entrée quand j'aperçus une jeune fille patientant devant la porte du garage.

Il se retourna sur moi. Ne pouvant camoufler ce sentiment que je ressentis à ce moment, je ne le laissai plus prononcer un seul mot.

— Tu devrais y aller, ta paperasse t'attend déjà, soupirai-je en lui claquant la porte au nez.

Je m'appuyai un instant le dos contre la porte. À ce moment je me sentais réellement idiote. Qu'avais-je espéré?

Je retournai dans la cuisine. Je terminai ma bière en fixant la fenêtre de son bureau.

J'attendais qu'il me porte le coup de grâce final à mes faux espoirs mais je n'eus pas cette chance. Je ne vis ni n'entendis rien de plus.

Je m'écroulai de sommeil mais j'eus un peu de mal à m'endormir.

La journée avait été trop riche d'émotions pour que je calme mon esprit rapidement.

Mais une fois lancée, je dormis jusqu'à plus de onze heures.

Je traînais entre sofa et cuisine dans l'attente de pouvoir me préparer.

Je commençai par me laver les cheveux, arrivant presque dans le bas de mon dos, je leur laissai le temps de sécher naturellement.

Je ne souhaitais pas les attacher pour ce soir.

Je me limai les ongles et appliquas une fine couche de vernis transparent orné de quelques paillettes. Je n'étais jamais très maquillée, j'aimais par-dessus tout le naturel.

Le temps était arrivé de me préparer. J'enfilais un body sous ma robe, prévoyant que le vent la fasse voler.

Je restai un moment devant le miroir, tirant sur ma robe qui me semblait plus courte que lors de l'essayage. J'eus un doute de la porter ce soir. Plus le moment se rapprochait, plus je manquais de confiance en moi. Après la fin de soirée d'hier, il y avait une forte probabilité que Toni soit présent.

J'enfilai une paire de bas, surélevant d'un cran la teinte de ma peau. Le liseré en dentelle de ceux-ci arrivait juste au-dessus du bord de la robe.

J'étais prête, loin de me sentir confiante mais prête.

Il était temps de se mettre en route. Passant de longues minutes devant ce miroir à me rassurer sur mon aspect physique, j'allais finir par arriver en retard.

Sur le trajet, Maria m'avait déjà envoyé deux messages, elle s'impatientait.

Je n'appréciais pas arriver dernière sous le regard de tous. J'envoyais un message à Maria:

«Viens me chercher, je suis devant.»

Au bout de quelques minutes, n'ayant aucune réponse de sa part et je dus me résigner à entrer.

On entendait la musique depuis l'extérieur, pas étonnant qu'elle n'eût pas reçu mon message.

J'entrai et commençai à ressentir le regard des gens sur moi.

Je cherchais Maria parmi la foule, mais c'est Toni que j'aperçus en premier. Assis à une table faisant coin avec le bar. Fernando et Miguel également présents m'indiquaient que Maria ne devait pas être très loin.

Déjà très festive, je la trouvai riant aux éclats, une Tequila à la main.

Elle me prit dans ses bras.

— Tu es magnifique, me complimenta-t-elle.

Entre reggaetons et bachata, la musique ambiançait la soirée.

Je saluais d'un signe toutes les personnes qu'elle avait invitées.

Maria était enchantée de son cadeau, je savais qu'il lui ferait plaisir.

Sans se faire attendre le barman apporta de quoi nous abreuver sur la table, Tequila et bières.

Quoiqu'il arrive nous allions passer une bonne soirée.

Les garçons restaient assis tandis que Maria, moi et d'autres filles qu'elle connaissait restions debout. Impossible de ne pas avoir envie de bouger sur ce genre de musique.

Toni n'avait pas levé un seul cil dans ma direction depuis mon arrivée.

— Prends un verre! me cria Maria, essayant de se faire entendre à travers la musique.

Toni poussa un verre de Tequila dans ma direction. Je l'avalai en une gorgée en essayant de ne pas m'étrangler. Le premier étant toujours plus difficile à passer.

Maria me tira par le bras, j'eus juste le temps d'attraper une bière avant de la suivre de force.

— Je vais te présenter quelqu'un, me confia-t-elle à demi éméchée.

Elle me planta devant un garçon assez beau, devant avoir plus ou moins mon âge. Elle fit les présentations, Diego travaillait dans la même pizzeria qu'elle. Assez grand, des cheveux mi-longs bouclés retenus par un bandana. Le teint basané et sa barbe mal rasée lui donnaient beaucoup de charme.

— Il a flashé sur toi, me murmura-t-elle dans le creux de l'oreille. Je me sentis un peu mal à l'aise quant à son initiative mais après quelques gorgées de bière j'acceptai au moins de le saluer. Il semblait gentil.

— Tu voulais un livreur de pizza, surenchérit Maria se rappelant d'une conversation que nous avions eue au début de notre rencontre.

Assez souriant, Diego m'invita à prendre un verre avec lui.

Rien de timide en lui, il me complimentait sur mon physique essayant de toucher mes cheveux.

Il trouvait qu'il y avait trop de bruit dans la salle pour que nous puissions discuter et voulut m'emmener à l'extérieur. Je refusai poliment. Il me parut un peu trop entreprenant.

Toni ne me lâchait pas des yeux. Il s'était légèrement tourné dans notre direction, s'adossant au comptoir du bar.

Je m'excusai auprès de Diego, mon verre étant vide, je me redirigeai vers la table.

Je repris un verre faisant mine d'éviter le regard de Toni.

Maria se mit en tête de faire une photo nous réunissant tous en souvenir de son anniversaire.

Nous étions tellement nombreux qu'elle se mit à nous installer pour que nous puissions tous rentrer dans le cadre.

Elle demanda à Diego de s'asseoir avec les garçons et me regarda d'un air amusé.

— Tu peux te mettre sur les genoux de Diego deux minutes pour la photo.

Cette idée ne me plut guère et je ne fus pas la seule.

Toni me lança un regard désapprobateur et décala la table pour me laisser passer dans sa direction.

Je m'apprêtai à le contourner quand il me retint, me forçant à m'asseoir sur les siens.

Il enleva mes cheveux de mon cou afin de pouvoir me parler.

— Elle joue à quoi Maria? me demanda-t-il agressivement.

Je me penchai vers lui pour lui répondre quand je sentis sa main se poser sur ma cuisse. Ses doigts effleuraient la dentelle de mes bas.

— Elle s'est mise en tête que je ne devais pas rentrer seule ce soir, lui signalai-je en riant et avalant ma bière.

— Dis-lui de me laisser gérer ça, me murmura-t-il d'un ton radouci.

Je sentis sa respiration dans mon cou. Malgré l'alcool ingurgité, je ne sentais que son parfum. Je pouvais percevoir la chaleur de sa main caressant doucement ma cuisse.

Complètement décalé à l'environnement qui nous entourait nous continuions de discuter.

— Tu vas me trouver de la compagnie pour la soirée? lui demandai-je malicieusement. Tu as quoi à proposer, je suis assez difficile.

— Quelqu'un pouvant répondre à toutes tes exigences, me susurra-t-il sensuellement.

Ses mots me basculèrent dans un état second. Le désir monta en moi. Je perdis le contrôle.

Je laissai sa bouche se rapprocher de ma peau et mes cheveux s'entremêler aux siens.

Sa respiration s'amplifiait et ses pupilles se dilatèrent. Je pouvais percevoir l'excitation monter en lui.

Je devais me rendre à l'évidence de l'attirance que j'éprouvais à son égard. Même si mon cerveau hurlait à la mauvaise idée, l'alcool en inhibait la perception.

Je commençais à nous sentir observés, je détournais la tête timidement vers le reste de la salle. Nos amis nous fixaient, certainement depuis un moment, interrogatifs.

Je me relevai et m'avançai vers Maria.

— Alors, cette photo? m'inquiétai-je, essayant de détourner son attention d'un moment embarrassant.

— Finie depuis vingt minutes, me renseigna-t-elle et me regardant fixement elle me demanda. Tu faisais quoi, là?

— J'essayai de compliquer une situation qui ne l'était pas suffisamment, lui répondis-je honteusement. Empêche-moi de faire une bêtise, lui demandai-je, revenant à la raison, mais ne pouvant détourner mes yeux de Toni.

Elle me balança un coup de coude qui me fit détourner le regard.

— Commence par arrêter de l'encourager alors, me déclara-t-elle en riant.

Comme si cela ne suffisait pas à mon désespoir Hector débarqua à la soirée.

— Il ne manquait plus que lui, murmurai-je à l'oreille de Maria.

— Il n'avait pas une soirée de prévue? me demanda-t-elle ironiquement.

Ne poussant pas le sujet, nous essayâmes d'arborer un radieux sourire à son arrivée.

Il souhaita un bon anniversaire à Maria. Je le sentais me déshabiller du regard.

— Ne me laisse pas seule, suppliai-je à Maria.

Il insista pour prendre un verre à la santé de Maria et disparut en direction du bar.

Je lançai à Toni un appel à l'aide du regard.

— Arrête! me lança Maria qui en prit conscience.

Hector revint assez rapidement trois verres à la main. Nous portâmes un toast à la santé de Maria.

Il essayait de me parler mais je ne comprenais pas un traître mot de ce qu'il me racontait. Toujours à me toucher le bras lorsqu'il se penchait pour discuter. Il était trop proche et son parfum finit par me donner réellement la nausée.

— Je vais aux toilettes, lançai-je en direction de Maria et Hector.

Je me sentais mal, j'avais de terribles crampes d'estomac et je commençais à sentir ma tête tourner. Je mis ça sur l'alcool ingurgité, quoique je connaissais mes limites et je ne les avais pas franchies.

Je restais un moment assise sur les WC, attendant que ça passe.

Je me relevai pour me passer de l'eau fraîche sur le visage.

Je pensais retourner dans la salle, prendre un coca et sortir prendre l'air. Cela ne pouvait que me faire du bien.

Alors que je passai la porte des toilettes, je vis Toni qui m'attendait, appuyé le dos au mur, les bras croisés. Il semblait furieux. Je connaissais tellement bien cette expression sur son visage.

— On y va, exigea-t-il m'attrapant par la main et m'emmenant vers l'extérieur.

— Tu m'emmènes où? tentai-je timidement, essayant de le suivre dans son pas élancé alors que mes vertiges s'amplifiaient de plus en plus.

— On rentre. Se renfrogna-t-il.

Je cherchai des yeux sa voiture mais il était venu en moto.

J'ôtais mes hauts talons pour l'enfourcher.

Mes vertiges devenant incessants, je me cramponnai à lui, peur de tomber.

Ma vue commençait à se troubler, je me sentais de plus en plus mal.

Il démarra en trombe. Je le serrais si fort contre moi, oubliant la colère qui l'habitait, certainement à mon égard. Je rentrai avec lui, c'est tout ce qui m'importait.

Une douleur violente dans le bas du ventre me fit le lâcher d'une main. Je le sentis ralentir. Il s'arrêta en contre bas de la route. Il chercha rapidement un coin tranquille. J'essayai de descendre mais entre douleur et vertiges je n'y arrivais pas. Je me sentais si fatiguée que je n'étais pas sûre de pouvoir marcher. Gênée et paniquée, j'attendais de m'écrouler.

Il me rattrapa, vacillante, et m'assit face à lui. Je m'allongeai sur le réservoir.

Il maintenait mes hanches pour m'éviter de glisser. Je me trouvai devant lui dans une position totalement indécente mais il m'était impossible de bouger ou me relever.

Je sentis le désir en moi monter face à cet homme dont j'étais à la merci. Je frissonnai.

Il enleva sa veste en cuir brune pour me couvrir. Sa chemise blanche entrouverte laissait apparaître la pilosité de son torse ainsi qu'une large chaîne en or.

Un bouton non fermé également dans le bas de sa chemise rendait la boucle de sa ceinture apparente.

— J'en envie de toi, lui déclarai-je attrapant sa ceinture, le forçant doucement à appuyer son corps contre le mien.

Que m'arrivait-il? Je ne me sentais plus moi-même.

Il se coucha doucement sur moi, appuyant son front sur ma joue.

— Calme-toi, écoute ma voix et fixe un point au loin, me murmura-t-il d'un ton sécuritaire et apaisant.

Je perçus une certaine inquiétude dans sa voix.

— Toni, dis-moi ce qu'il se passe, tentai-je, camouflant mon état de panique.

Il soupira.

— Hector a mis un truc dans ton verre, m'avoua-t-il.

Assaillie d'un moment de panique je commençai à hyperventiler, il m'avait drogué à mon insu.

Que m'avait-il donné? À quoi devais-je m'attendre comme symptômes?

— Mais pourquoi? balbutiai-je, somnolente.

— Pour qu'il passe une bonne soirée. Me répondit-il avec le plus grand tact.

J'essayais d'analyser la situation. Quels étaient mes symptômes?

Vertiges, trouble de la vue, j'avais également mal à l'estomac et dans le bas du ventre, et une inhibition totale de mes réflexes.

Mon pronostic n'était pas bon. J'avais certainement reçu un sédatif, suffisamment puissant pour inhiber mes facultés motrices mais ne faisant pas perdre connaissance.

Je pensais en premier lieu au GHB, certains symptômes correspondaient comme les vertiges et l'étourdissement. Par contre je ne souffrais ni de maux de tête, ni d'hyper salivation et encore moins de confusion.

Malgré l'angoisse associée à la situation je continuais à ressentir une très forte attirance sexuelle pour Toni. Ce qui vint appuyer ma seconde hypothèse, il m'avait donné l'équivalent féminin du viagra.

J'avais lu un article à ce sujet, sous forme liquide et associé à un sédatif, il présentait des propriétés identiques à celles du GHB et était plus facile à se procurer.

Je pris peur, il était préférable que je rentre chez moi avant de faire ou dire certaines choses que je regretterais par la suite.

— Ramène-moi s'il te plaît, le suppliai-je en me relevant.

Ça ne devait pas se passer comme ça. J'étais en colère et Toni le vit.

Il me prit dans ses bras. Je ne pus retenir mes larmes.

Tandis qu'il les essuyait je tentais de lui voler un baiser mais il esquiva mon geste.

— Arrête, me demanda-t-il plongeant son visage dans mon cou.

Nous reprîmes la route. Il se gara devant chez lui.

J'insistai pour qu'il me ramène chez moi, mais il refusa.

— Tu ne resteras pas seule cette nuit, me confirma-t-il d'un ton paternel.

Il m'aida à monter dans sa chambre. Il me tendit un T-shirt, m'indiquant la salle de bain.

À mon retour dans la chambre, il était allongé sur le lit, feuilletant une revue mécanique.

— Essaie de dormir un peu, insista-t-il, ne levant pas les yeux de son magasine.

Je ne savais que penser, il passait son temps à esquiver mes avances alors que mon désir induit par la drogue s'intensifiait. Je cherchai une position antalgique à mes douleurs abdominales.

Je commençai à me tortiller dans le lit. Je ressentais une extrême tension envahir mon intimité.

Je me rendis compte de ce qu'un homme atteint de priapisme pouvait ressentir.

Je me retrouvai à moitié nue dans le lit d'un homme qui me repoussait, coincée dans un corps dont je perdais le contrôle.

Il fallait que je parte avant qu'il ne se rende compte de ce que cette drogue provoquait en moi. Je me sentais inondée de désir, et ça devenait ingérable.

Je me relevai et enfilai ma robe.

— Je m'en vais, lui déclarai-je, me dirigeant vers la porte de la chambre.

Il fit un bon dans ma direction et referma la porte d'un coup de poing.

— Il n'en est pas question, tu retournes te coucher, s'écria-t-il.

— Je me sens mieux, ça va aller.

Le ton montait et j'avais peur qu'il n'éveille sa grand-mère.

Il bloqua la porte de son avant-bras.

— Avec ce qu'il t'a donné, ton odeur rendrait fou un homme à un kilomètre. Le seul endroit où tu iras ce soir, c'est là! dit-il en me désignant son lit.

Je sursautai, il se rendait compte de l'état dans lequel je me trouvais. Pire, il avait ressenti mon excitation. Un sentiment de gêne m'envahit à ce moment.

— Va te coucher s'il te plaît, insista-t-il et radoucissant le ton de sa voix.

Je repartis m'allonger telle une enfant qu'on aurait grondée.

Recroquevillée en position fœtale, j'essayais de me vider l'esprit.

Il ne feuilletait plus de magasine, il restait là, figé, pensif.

À quoi pouvait-il penser, lui qui était si mystérieux? Il pouvait changer d'humeur en une fraction de seconde sans que quiconque puisse en connaître la cause.

— Cela t'ennuierait si j'allais prendre une douche? risquai-je.

Cherchant désespérément à m'isoler de lui.

Il se leva sans dire un mot, me tendit une serviette et se dirigea vers la salle de bain.

J'entendis l'eau de la douche couler.

Attendant qu'il en ressorte je me déshabillai une nouvelle fois. Je nouais l'essuie de bain autour de mon corps.

Toni ne revenait pas. Je tentai de m'approcher. Il était appuyé sur l'évier, une main de chaque côté, la tête baissée, plongé dans je ne sais quel songe.

— Si tu m'expliquais ce que tu as, hoquetai-je déposant ma main sur son bras.

— Rien, tu peux prendre ta douche, me répondit-il sans détourner les yeux.

J'ôtai timidement ma serviette et me glissai sous le jet d'eau.

Je le regardai, essayant de décrypter une émotion sur son visage, mais il ne laissait rien transparaître.

Je semblais totalement insignifiante à ces yeux.

Sentir l'eau couler sur mon corps et le voir dans cet état me parut une réelle torture.

Au moment où j'éteignis le robinet, il se retourna. Je me retrouvai entièrement nue sous ses yeux. Je restai stoïque, ne lâchant pas son regard. Il soupira et me tendit la serviette.

Nous retournâmes dans la chambre où cette fois il éteignit la lumière.

Seule la clarté de la lune envahissait la pièce.

Je me sentais mieux, mes douleurs disparaissaient progressivement. La seule ombre qui stagnait dans mon esprit restait son attitude envers moi, ses gestes ne coïncidaient pas avec ses paroles.

Résignée, j'essayai de m'endormir. Ne voulant pas lui tourner le dos, je fixai le plafond.

Il se retourna vers moi et enleva mes cheveux éparpillés sur l'oreiller. Je pouvais sentir son souffle, comme s'il s'était rapproché. Je me mis à frissonner en y pensant et remontai la couette.

— Tu as froid?

Effectivement, l'eau de la douche trop chaude sur ma peau et une simple serviette éponge comme vêtement pouvait expliquer mon frisson. Mais étant incapable le lui signifier l'explication de mon tressaillement, je hochai la tête.

Il me prit dans ses bras, caressant mon cou de sa respiration. Ressentir une envie de cet homme allongé contre moi que je ne pouvais assouvir me rendit folle.

Je soupirai, frustrée.

— Ça ne se calme pas? s'inquiéta-t-il.

Ne voulant pas lui mentir, je restais silencieuse.

Il écarta doucement la serviette de mon ventre et mon cœur accéléra. Il posa sa main sur mon abdomen censé me faire souffrir. La largeur de sa main couvrait presque entièrement ma zone pelvienne. La chaleur qu'elle dégageait me provoqua à nouveau un sentiment indécent à son égard. Commençant à me caresser doucement je fermai les yeux. J'essayais de synchroniser ma respiration sur la sienne, mais je la sentis s'accélérer.

Sa main sur mon corps me provoquait encore plus de désir.

— Détends-toi, me chuchota-t-il.

Je sentais sa main descendre le long de ma cuisse qu'il écarta légèrement. Je me crispai. Ce que j'avais espéré toute la soirée se produisait enfin et au lieu de savourer l'instant je me tétanisai.

Je n'étais plus sûre de vouloir. L'alcool et la drogue s'étant dissipés, je me sentis livrée à moi-même.

Mon cœur et mon esprit partaient en guerre. Il remontait sur mon intimité déjà gorgée de désir. Je n'osai relever la tête, je restai la joue collée à son torse, m'enivrant de l'odeur de sa peau subtilement mélangée à son parfum.

Je sentis ses doigts glisser à l'intérieur de mon sexe qui durcissait et s'humidifiait de plus en plus.

J'essayai de contenir mes gémissements, les étouffant du revers de ma main.

Je sentis son index me pénétrer sans aucune retenue, et me contractai.

J'enlevai sa main brusquement. Il se retourna, appuyant la moitié de son corps sur le mien. Il dénoua entièrement ma serviette de bain.

— Laisse-moi te soulager, me murmura-t-il au creux de l'oreille.

Je sentis sa bouche effleurer mon cou et son souffle saccadé réchauffer ma peau.

Ma cuisse se retrouva bloquée entre ses jambes et je perçus l'excitation monter en lui.

Sa main continuait à parcourir mon corps, entièrement nu, écrasé par le poids du sien.

— Il faut que je te dise... balbutiai-je.

Je ne pus terminer, sentant sa bouche remonter le long de ma joue. Je sentais son haleine à quelques millimètres de la mienne.

Plus il me touchait, plus je devenais sensible.

Ses mains si douces, malgré le métier manuel qu'il pratiquait me firent perdre le contrôle. Je glissai mes ongles dans son dos, sous sa chemise et le tirai vers moi. Je déposai timidement un baiser sur ses lèvres, peur qu'il me repousse à nouveau. Il s'arrêta un instant, appuyant son front sur ma tempe, certainement bloqué par mon geste, pensai-je.

Sa main repartit à l'assaut de mon sexe mais cette fois, je m'abandonnai complètement à ses caresses.

Je m'ouvris à lui comme une rose attendant de se faire butiner.

Son doigt me pénétrait de plus en plus fort. Je ne pus plus contenir mes gémissements. Mes muscles se contractèrent, et mes yeux se révulsaient. Je sentais le plaisir m'envahir, prêt à exploser sous ses doigts.

Je me cabrai sous la pression qu'il exerçait au fond de mon corps.

Je sentis une contraction violente de mon sexe. Un cri, plus qu'un gémissement m'échappa. Il me fit jouir, c'était inévitable.

Il posa sa tête sur ma poitrine, je le sentais en sueur. Il restait un moment dans cette position. Je posai délicatement ma main sur ses cheveux.

Je ne comprenais pas ce qui venait de se passer, mais un sourire se dessina sur mes lèvres.

Il attrapa la serviette avec laquelle je m'étais douchée et disparut dans la salle de bain sans prononcer une seule parole.

Il y resta un si long moment que je finis par m'endormir, bercée d'un sentiment de plénitude.

Le jour se leva, j'étais la première éveillée. Ce n'était pas un rêve, vérifiai-je en le regardant dormir à mes côtés.

Je ne pouvais m'empêcher de sourire. N'ayant aucune idée où cela me mènerait, je décidai d'écouter mon cœur plus tôt que la raison.

Je restais un moment plongée dans mes pensées.

Le soleil pénétrant dans la pièce dorait sa peau hâlée. Ange la nuit et démon le jour, pensai-je.

Il s'étira légèrement. Il était temps que je prenne la fuite.

Attrapant mes vêtements, je les enfilais rapidement. Lui lançant un dernier regard avant de m'engager dans l'escalier, je réfléchis.

Bien que l'alcool et la drogue avaient complètement disparu de mon organisme, mon attirance pour cet homme endormi était quant à elle toujours présente.

Comment allai-je faire face à cette situation? Que m'arrivait-il?

Je sortis de la chambre sur la pointe des pieds. L'escalier craquait sous le poids de mes pas.

Je tentai de faire le moindre bruit possible en ralentissant ma descente.

Arrivant en bas, je vis la porte de sortie.

— Bonjour, tu es déjà levée? prononça une voix familière.

Santina me regardait de son fauteuil, arborant un grand sourire.

Une chaleur envahit mon visage, remplie de honte, j'allai l'embrasser.

Qu'avait-elle entendu cette nuit, pour ne pas être surprise par ma présence?

Fuyant son regard, je lui proposai de faire son injection.

— Tu n'allais pas partir l'estomac vide? me demanda-t-elle.

Je ne pouvais rien avaler mais je pris un café. Je l'avalai, brûlant, en trois gorgées.

Je ne fus pas surprise en rentrant chez moi de trouver Maria assise sur les marches de l'entrée.

— Je t'ai envoyé plein de textos! me signala-t-elle anxieuse.

— Je n'ai rien reçu, lui répondis-je en fouillant mon sac à la recherche de mon téléphone.

Un moment de panique me traversa, j'avais oublié mon portable sur la table de chevet de Toni.

Décidément, le sort s'acharnait.

J'entrai, suivie de Maria. Alors que je nous préparais un café, je la brieffai sur la soirée passée.

Même si elle n'avait pas plus d'explications sur le comportement de Toni, elle me rassura.

— Nous ne sommes pas prêts de revoir Hector de si tôt!

Elle s'assit sur mon lit pendant que je prenais ma douche et continuions à bavarder. Je n'avais que le nom de Toni au bout des lèvres. Elle semblait inquiète.

J'enfilai une nuisette traînant à portée de main sur un crochet derrière la porte de la salle de bain.

— Tu ne devrais pas trop t'attacher à lui, me confia-t-elle alors que je revenais dans sa direction.

Elle devait avoir raison, certainement plus réfléchie que moi en ce moment et le connaissant mieux.

Mais il me semblait que son conseil arrivait trop tard pour ça.

Elle devait rentrer, même si nous étions dimanche, il lui arrivait de travailler à la pizzeria. Elle m'abandonna au rangement de la maison, laissé pour compte ces derniers temps. Entre la semaine surchargée, le tremblement de terre m'ayant obligé à travailler tard et la sortie d'hier, mon domicile ressemblait à Bagdad, un soir de bombardement.

Je commençais la vaisselle, quand je l'entendis sortir de la maison. Après une pensée absorbée sur son conseil, je m'activais. Il devait être pas loin de onze heures et j'avais du pain sur la planche.

Je lançai un peu de musique pour me donner de l'entrain. Ma playlist lança Misteriosa du quatrième album de Tony Dize. Pas certaine que ce soit une bonne idée, pensai-je. Je ne faisais que penser à lui en écoutant les paroles.

J'entendis la porte s'ouvrir à nouveau.

— Tu as oublié quelque chose? lançai-je pensant que Maria revenait sur ses pas.

— Moi, non, entendis-je d'une voix ne ressemblant en rien à celle de Maria.

Toni, se trouvait appuyé contre le chambrant de porte de la cuisine, d'un air amusé, tenant mon téléphone à la main.

— Merci, prononçai-je timidement.

— Tu ne l'aurais pas oublié, si tu ne t'étais pas sauvée si vite ce matin, ajouta-t-il me le déposant sur l'appui de fenêtre à quelques centimètres de moi.

Ne sachant que répondre, je restai silencieuse.

Bien qu'étant plus vêtue que la veille alors qu'il ne m'avait accordé que très peu d'attention, je le sentais me dévorer de regard. Il passa derrière moi, me frôlant de sa main.

Il poussa légèrement ma hanche pour me décaler de la porte du réfrigérateur. Il se mordait la lèvre inférieure, certainement amusé de la gêne qu'il me provoquait.

Il prit une bière. Je continuais la vaisselle, ne lui accordant aucune attention.

Entre les battements de mon cœur et ma respiration, j'essayais de dominer mes émotions.

Je l'entendis décapsuler sa bière et en déglutir une gorgée, restant toujours derrière moi.

Il la déposa à côté de moi. L'envie de la terminer me traversa un court instant. Je me sentais tout aussi stressée que la veille et je cachais mes mains tremblantes sous la mousse recouvrant l'évier. Il fallait que j'arrête de frotter cette assiette, qui bientôt aurait perdu les motifs incrustés dans la faïence.

Il remit sa main sur ma hanche. J'allais me décaler à nouveau pour lui laisser un accès de passage quand il bloqua mon mouvement de ses deux mains.

Je le sentis se coller à moi. Il dégagea mes cheveux encore humides de mon épaule pour y poser sa bouche.

Je sentis ses mains remonter de long de mes hanches jusqu'à ma poitrine.

Son pied écarta légèrement le mien, lui laissant l'opportunité de s'engager entre mes cuisses.

Je devinais son excitation à travers son pantalon. Sa main glissa fermement le long de ma colonne vertébrale me forçant à m'incliner devant lui.

— Tu as disparu sans me laisser terminer ce que j'avais commencé, me murmura-t-il sensuellement.

Il déboutonna son jeans. Je me redressai, caressant de mes cheveux son visage. Je ressentais la même tension que la veille alors que ses mains faisaient frémir certaines parties de mon corps.

Il fit tomber ma nuisette de mes épaules, me dénudant les seins. Il maintenait si fermement ma poitrine que je laissai échapper un gémissement. Une de ses mains s'échappa, glissant le long de mon ventre jusqu'à mon sexe. Mon intimité déjà gorgée de désir n'attendait que ses caresses. Je le sentais durcir sur ma peau dénudée.

— C'est toi qui m'as repoussé hier, gémis-je.

Je m'abandonnai complètement à sa volonté, oubliant pour un instant le temps et l'espace. Il me mettait littéralement en transe.

— Je ne t'ai pas repoussée, me susurra-t-il empreint d'une excitation démesurée.

Je le sentais prêt à me prendre et je succombai à mes pulsions.

— Je ne pouvais te baiser dans cet état-là, ajouta-t-il sur le point de s'enfoncer en moi.

Ces mots me ramenèrent à la raison, je me dégageai de son emprise. J'étais prête à me faire baiser sur le plan de travail de ma cuisine, mais où avais-je la tête? Je remontai ma nuisette.

— Tu devrais t'en aller, Toni, lui signalai-je en relevant la tête.

Je le sentis surpris de ma réaction, et j'enchaînai.

— Tu as eu ta chance hier, tu aurais dû la saisir. Tu devrais partir.

Il remit son pantalon. Je le sentis me fixer, n'osant lever les yeux sur lui.

Il sortit de la maison, sans se retourner.

Je restai figée, ses paroles m'avaient profondément blessé.

N'étais-je que ça à ses yeux, une de plus sur sa longue liste de ses conquêtes du soir. Ce n'était pas cette place que je pourvoyais.

3

La luxure

«Quand nos corps s'adonnent au plaisir de la chair»

J'avais tourné en rond quelques jours, et étais contente de reprendre le boulot. Même s'il m'était très difficile de me concentrer pleinement dans mon travail, je m'occupais l'esprit.

Toni et moi nous nous évitions depuis ce jour-là.

Même si je savais avoir pris la bonne décision, ce cri trop interne ne cessait pas. Je ne faisais que penser à lui.

Je ne m'étais pas confiée à Maria sur ce sujet délicat, mais elle devait se douter de quelque chose car je détournais toutes les conversations l'impliquant.

Ou peut-être pensait-elle que j'avais suivi son conseil.

Je l'évitais, mais ne pouvais m'empêcher de scruter tous ces faits et gestes de la fenêtre de ma cuisine.

Je me sentais ridicule par moment.

Une voiture se gara devant le garage ce jour-là, attirant mon attention par les décibels de la musique qui retentissaient.

Trois jeunes gens en descendirent. Leurs yeux à moitié couverts d'un bandana et camouflés derrière des lunettes de soleil n'inspiraient pas la confiance.

Ils pavanaient arborant leurs bras couverts de tatouages. Le conducteur marchait en tête des deux autres. Le vent, s'engouffrant dans sa chemise, laissa apparaître la crosse d'une arme à demi insérée dans son jeans.

Un sifflement strident me fit sursauter. Ils attendaient devant la porte se retournant par moment sur l'entièreté de leurs champs de vision, y compris en direction de mon domicile.

Je reculai, peur que ma silhouette ne se dessine derrière la vitre.

La porte du garage s'entrouvrit un instant et se referma aussitôt.

Ils parlaient fort et riaient ensemble en restant plantés devant le garage.

Toni apparut au bout de quelques minutes. Il leur tendit une enveloppe blanche assez épaisse, récupérant un petit paquet brun en retour. Il le plaça directement à l'intérieur de son jeans, à l'arrière, de la même manière que son acolyte portait son arme.

Qu'était-il en train de manigancer? Me demandai-je.

S'il trempait dans un trafic illégal, je m'en serais forcément rendu compte depuis le temps que j'habitais ici.

Les jeunes repartirent aussi vite, effectuant un démarrage provoquant un nuage de sable sous leurs roues.

La musique assourdissante, quant à elle, mit un petit moment à disparaître.

Je repartais vaquer à mes occupations. Il ne s'était passé que dix minutes entre le départ des jeunes gens qu'une dispute éclata au garage.

Le frère de Maria hurlait sur Toni. Lui, si calme à son habitude, toujours le sourire aux lèvres semblait furieux.

— Tu ne penses qu'à toi comme toujours! s'exclama-t-il, tandis que Toni baissait les yeux.

Son visage maussade et renfermé montrait des signes de culpabilité.

Fernando quitta le travail en plein milieu de la journée, laissant Toni, abasourdi par son attitude.

Il se passait effectivement quelque chose et je devais en avoir le cœur net.

N'ayant aucune envie d'avouer à Maria que je l'espionnais, je l'invitais à souper.

Elle accepta.

Je sortais des lasagnes du congélateur mais préparai à l'avance l'amorçage du discours à tenir à Maria.

Il devait être dix-neuf heures quand elle arriva. J'avais dressé la table dans le jardin, juste à côté de ma minuscule piscine.

Nous prîmes quelques apéritifs et nous riions de tout et rien.

Elle me reparlait de son anniversaire, je prenais des nouvelles de Diego.

— Je suis désolée, s'excusa-t-elle, ajoutant, le pauvre garçon j'ai cru que Toni allait le fusiller.

Elle riait mais je ressentais un pincement au cœur en y repensant.

Elle s'en rendit compte.

— C'est de ma faute, soupira-t-elle.

— Diego? lui demandai-je, avalant une gorgée de bière.

— Non, Toni, m'avoua-t-elle.

Ne voyant pas où elle voulait en venir, je la fixais interrogative.

— Quand je t'ai dit de ne pas t'attacher, je ne pensais pas que tu le repousserais. Tu aurais pu lui laisser une chance, me déclara-t-elle.

Je restais songeuse, ne sachant que répondre, je me levai pour aller chercher nos assiettes.

— Tu ne veux pas en parler, me demanda-t-elle.

Elle avait beau être mon amie, je restais bloquée, éludant le problème.

Que voulait-elle que je lui dise, que j'étais en train de tomber amoureuse de lui? Qu'il hantait mes pensées et mes nuits depuis un moment?

— J'ai eu peur. Avouais je, me relevant pour reprendre deux bières.

L'alcool commençait à me monter à la tête, mais je me sentais bien. La nuit tombait et il faisait toujours aussi chaud.

Maria mit un peu de musique, un groupe local que je ne connaissais pas.

La porte du jardin s'ouvrit et Toni apparut.

— Il faut que je parle à ton frère, lança-t-il à Maria.

— Attends qu'il se soit calmé, répondit-elle calmement.

Je me levai pour débarrasser et même si l'envie me brûlait d'écouter leur conversation, je m'éloignai.

Il s'assit à côté d'elle et me vola ma bière.

Je restai en retrait un moment, les regardant discuter de loin.

Maria était donc au courant de la dispute, cela ne faisait aucun doute.

Je repris une bière. Borracha, m'insultai-je en buvant, j'allais finir par devenir alcoolique, souriais-je.

Je me mettais à laver nos deux assiettes, attendant qu'ils terminent dans le jardin.

Toni fit irruption dans la cuisine, se dirigeant vers le réfrigérateur.

Je me décalai.

— Tu n'as rien à craindre, continue à m'éviter, c'est mieux pour toi, me dit-il, tranchant.

Il prit une bière et retourna aussi vite dans le jardin.

Environ cinq minutes plus tard, Maria revint près de moi.

— Il est parti, me signala-t-elle, s'appuyant contre l'évier l'air soucieux.

Je lui expliquai la scène à laquelle j'avais assisté cette après-midi, juste avant la dispute avec son frère.

— Tu ne devrais pas te mêler ça, insista-t-elle, angoissée.

Il était clair que je n'aurais plus d'explications de sa part à ce sujet.

Elle finit par rentrer chez elle aussi.

Il était passé minuit et la lumière dans le bureau de Toni brillait toujours. Je n'arrivais pas à aller me coucher non plus.

Un non-dit entre nous m'empêchait de dormir depuis plusieurs nuits.

Je voulais lui parler, peut-être lui expliquer ma réaction à son égard. Il semblait si mal ce soir.

Je décidais de monter dans son bureau.

Sur le trajet, la pensée de ne pas l'y trouver seul obscurcissait mon esprit.

La porte du garage était restée ouverte, je m'y faufilai sans bruit.

Le garage était désert et plongé dans l'obscurité.

Seule la luminosité de son bureau me frayait un passage vers les escaliers.

Je grimpais à pas de loup, me laissant une chance de faire demi-tour à chaque instant.

La porte était fermée, je frappai timidement. Je n'entendis rien et décidai de pousser la porte. La pièce était vide. Son bureau était assez spacieux mais tout autant bordélique que sa chambre, pensai-je en souriant.

Des documents traînaient un peu partout, s'amoncelant parmi des pièces de voitures dont certaines étaient encore dans leur boîte d'origine.

La fenêtre donnant sur ma cuisine, restée ouverte en battant, laissa s'engouffrer un courant d'air.

Certaines factures s'envolèrent du bureau et j'eus le réflexe d'empêcher la porte de claquer.

Je pensai rentrer chez moi. Il n'était pas là et je ne voyais pas faire le tour du garage pour le trouver.

Par acquit de conscience et ne voulant laisser aucune trace de mon passage, je me mis en tête de ramasser les documents s'étant envolé de son bureau. Quoiqu'avec le capharnaüm qu'il y régnait je n'étais pas sûre qu'il se soit rendu compte de quoi que ce soit.

Je slalomais entre les caisses et les pièces mécaniques jonchant le sol.

Je ramassai rapidement les feuilles, peur qu'il me surprenne.

Sur le point de les remettre à leur place d'origine, je me rendis compte qu'elles avaient laissé apparent le paquet brun reçu par Toni et certainement à l'origine de la dispute avec Fernando.

L'emballage à demi déchiré ne laissait rien transparaître.

Je lançai un coup d'œil furtif vers la porte. Pas le temps de me disputer avec ma conscience à ce sujet, je décalai le papier brun doucement pour voir ce qu'il contenait. Un frisson me parcourut quand j'aperçus une arme. Je me mis à trembler.

L'heure n'était plus à la discussion mais à la fuite. En aucun cas il ne devait suspecter ma présence.

Je posai la main sur la poignée de la porte, quand elle s'ouvrit brusquement. Toni se trouvait devant moi.

Je sursautai également.

— Que fais-tu là? s'inquiéta-t-il surpris.

— J'étais venue te parler, mais ne te trouvant pas, j'allais rentrer, rétorquai-je m'engouffrant dans l'entrée.

Je sentais sur mon visage l'expression d'une enfant qu'on aurait surprise à faire une bêtise.

Il alla s'asseoir devant son bureau, remettant un paquet de feuilles sur le paquet en question.

— C'est pas trop le moment pour ça, soupira-t-il.

J'acquiesçai et ne demandant pas mon reste, prenait la fuite.

En rentrant chez moi, je ne cessais d'y penser. Que faisait-il avec une arme dans son bureau? Si je n'avais su que la réception datait de ce jour, j'aurais certainement été moins inquiète.

J'eus beaucoup de mal à trouver le sommeil ce soir-là.

Ayant passé une très mauvaise nuit, je traînais à me mettre en route pour le travail.

Finissant de m'habiller dans ma chambre j'entendis frapper à la porte.

Il était presque neuf heures, j'avais déjà presque une heure de retard.

Qui pouvait bien me déranger à cette heure-ci et augmenter ce laps de temps? me demandai-je agacée.

Deux policiers se trouvaient en faction devant ma porte.

Ils s'excusèrent de me déranger et me demandèrent la permission de pénétrer dans mon domicile.

Je les laissai entrer, empreinte de curiosité quant à leur visite.

L'un d'entre eux, une jeune femme, assez ronde, aux cheveux mi-longs lisses et brillants alla s'asseoir à la table, m'invitant à la suivre. Son collègue, un homme d'âge mûr au visage plus sévère resta en retrait.

— Nous aurions besoin d'une déposition, me déclara-t-elle en sortant un bloc-notes et un stylo.

Je m'assis face à elle, hésitante.

Elle me signalait des faits en date de l'anniversaire de Maria.

Elle me questionna sur la soirée, sur ma consommation d'alcool, sur les personnes présentes.

Voulant en venir au fait, je la questionnai sur le motif de sa présence. Je n'avais rien fait d'illégal me semblait-il.

Elle continuait son interrogatoire en éludant l'intégralité de mes questions.

Je commençai à perdre patience et ne m'en cachait pas.

La pressant, je regardai ma montre, lui signalant le retard qui augmentait pour me rendre au travail.

Son collègue enleva ses lunettes de soleil, les relevant sur ses cheveux grisonnants. Il n'avait pas ouvert la bouche depuis son arrivée, mais me regardant de ses yeux noirs perçants me déclara:

— Nous avons eu plusieurs témoignages déclarant que monsieur Rivera vous aurait emmenée sous influence et sous la contrainte de ladite soirée, déclara-t-il sèchement.

Je me mis à rire nerveusement à ses accusassions.

— Toni? demandai-je calmement.

Je les rassurais, rien n'était fondé dans leurs témoignages. J'omettais de leur parler d'Hector, après tout, je n'avais aucune preuve à leur soumettre.

La policière ajouta calmement en saisissant ma main.

— Les victimes de viol ont souvent un sentiment de déni face à la situation.

Je retirai ma main violemment, en aucun cas cela ne s'était déroulé de la sorte.

— Nous allons confronter monsieur Rivera aux diverses accusations à son encontre, me signala-t-elle.

Si une telle chose s'était déroulée, seul mon témoignage aurait un quelconque poids juridique.

— Je peux me soumettre volontairement à un examen médical, leur signalai-je.

L'homme semblait agacé par mes propos.

— Voyons, docteur, vous connaissez le délai médico-légal de cet examen. Il doit être réalisé endéans les septante-deux heures de l'agression. Au-delà, ce n'est plus recevable devant une cour de justice, me sermonna-t-il en replaçant ses lunettes de soleil.

La jeune policière se releva, emmenant avec elle son bloc-notes et son stylo.

Je les raccompagnai vers la sortie encore sous le choc de ces déclarations.

Ils ne remontèrent pas dans leur véhicule mais se dirigèrent vers le garage.

Il m'était inconcevable de partir travailler, je sentais mon corps entier trembler de colère.

J'appelais Maria, je parlais si vite dans le combiné qu'elle me supplia de me calmer.

Je restai collée à la fenêtre de ma cuisine, essayant de lui expliquer plus calmement la situation.

Je revis les policiers sortir quelques instants plus tard, accompagnés de Toni, menottes aux poings.

— Il faut que tu viennes. Suppliai-je à Maria et arrêtant subitement mes explications.

Elle mit moins de dix minutes pour arriver. Je l'attendais dans la voiture, le moteur tournant.

Je ne lui laissais pas le temps de saluer son frère qui attendait sur la devanture le visage renfrogné.

Je démarrais aussitôt qu'elle s'assit sur le siège passager.

— Tu n'es pas dans la bonne direction, me signala-t-elle en attachant sa ceinture de sécurité.

Effectivement, je ne me dirigeai pas dans un premier temps vers le commissariat.

— Je vais à l'hôpital, soupirai-je déterminée.

— Tu m'as dit qu'ils refusaient un examen médical, commenta-t-elle à nouveau.

— Je sais, lui répondis-je.

Restant évasive sur mes réponses, je la sentis s'inquiéter. Elle pensait sûrement que j'agissais sans réfléchir à mes actes mais je réfléchissais juste à la manière de lui expliquer ma démarche.

— Que vas-tu faire? Me demanda-t-elle soucieuse.

Il était clair que je savais ce que je faisais et qu'elle le verrait en tant voulu.

Je restais concentrée sur le chemin, que j'abordais de manière plus tôt agressive.

— Hector est sûrement à l'origine de tout ça, ajouta-t-elle anxieuse.

Je confirmais d'un signe de la tête, cette pensée m'avait également effleuré.

À peine j'arrivais sur le parking, je me mis à courir vers les urgences, Maria m'emboîta le pas. Je cherchais Frank des yeux, essayant de reprendre mon souffle.

Je commençais à paniquer, ne le voyant nulle part.

Je m'avançais vers le bureau des infirmières, pensant le biper, quand je l'aperçus sortant de la chambre d'un patient.

Nous nous mettions tous trois à l'écart dans son bureau. Il écouta attentivement mon récit.

— Ils ont raison, Malau, tu ne pourras rien faire d'un tel test, m'affirma-t-il.

— Ce n'est pas ce genre de test que je veux, lui confiai-je.

Ils me regardaient tous deux interrogatifs alors que je mordillais mes ongles nerveusement.

Je lui demandais de me trouver en urgence un gynéco de garde ou une sage femme diplômée. Il accepta.

Une jeune médecin arriva assez vite à son appel. Elle devait fraîchement sortir de l'école vu son jeune âge.

Toute petite et très mince, elle ressemblait plus à un garçon qu'à une jeune fille. Originaire de la région, elle parlait un espagnol presque parfait.

Elle me recevait dans une salle d'examen, à l'écart de Franck. Maria voulut s'éclipser à son tour mais je lui demandai de rester.

— Tu es ma seule amie, je veux que tu restes, lui avouai-je, prête à fondre en larmes.

Je restai très professionnelle avec cette collègue, ne lui expliquant en rien ma démarche alors que je m'installais sur la table d'examen, la laissant compléter son dossier d'anamnèse.

Elle me demanda la raison de ma visite.

— Je voudrais un certificat de virginité, lui demandai-je les yeux emplis de honte.

Je savais ce test pratiqué partout dans le monde, souvent associé à diverses pratiques religieuses, il était délivré aux époux en vue d'un mariage.

J'y étais formellement opposée, rabaissant la femme à l'état d'objet et je ne l'avais jamais pratiqué.

Il consistait en une simple consultation, vérifiant l'intégrité de l'hymen.

Je sentais le regard de Maria fixé sur moi.

La doctoresse ne posa aucune question et pratiqua le test. Je fis une légère grimace à l'insertion du spéculum et Maria me prit la main. Ce fut rapidement effectué et je me rhabillais le temps qu'elle remplisse le certificat.

Maria et moi restions silencieuses jusqu'à notre retour dans la voiture où je fondai en larmes la tête posée sur le volant.

Maria posa sa main sur mon dos.

— Tu n'as pas à avoir honte, me rassura-t-elle d'une voix douce et remplie d'empathie.

C'était la principale raison pour laquelle j'avais repoussé Toni, lui expliquai-je, réitérant mes propos de la veille.

— J'ai eu peur.

Elle me souriait.

Sans qu'elle ne me pose aucune question, je me défendais, non pas que l'occasion ne se soit jamais présentée, j'espérais juste autre chose pour franchir le pas.

J'avais vingt-huit ans et je croyais encore au prince charmant.

À ces mots elle se mit à rire et je la suivis, essuyant mes larmes sur mes joues.

Il était temps de partir vers le commissariat, lever ses horribles accusassions sur Toni.

Je laissai Maria me guider et ne pris même pas attention au chemin emprunté.

Nous arrivâmes face à une grande bâtisse blanche ressemblant plus à une mairie qu'à un commissariat.

Nous expliquâmes à l'accueil le motif de notre venue et nous attendions d'être reçues.

Je trépignais d'impatience.

— Calme-toi. Me murmura Maria.

La policière ayant pris ma déposition le matin même s'approcha de nous, nous invitant à la suivre.

Elle nous emmena dans son bureau. Toni et le policier aux cheveux gris y étaient encore présents.

Le regard de Toni à mon arrivée reflétait la colère.

Je tendis le document en direction des policiers, empêchant mes tremblements d'attirer leur attention.

Ce fut l'homme qui le saisit en première intention. Ne jetant qu'un œil furtif sur sa provenance, il déclara:

— Je vous ai déjà signalé ce matin que ce document n'aurait aucune valeur à nos yeux, docteur. Ses paroles étaient tranchantes, antipathiques et hautaines.

Me sentant agressée, je lui répondis sur un ton similaire.

— Si vous preniez la peine de lire le document, ainsi que la date d'émission, vous en approuveriez la valeur, monsieur.

Certainement surpris par ma réponse, il me fusilla du regard.

Se sentant obligé de relire le certificat, il resta un moment absorbé par son contenu.

Relevant la tête dans notre direction, il déclara :

— Effectivement, il s'agit certainement d'un malentendu. Nous vous prions de nous excuser pour le désagrément causé. Vous pouvez rentrer chez vous.

Il se leva pour nous inviter à sortir tous les trois. Il me remit mon document, me fixant fermement de ses yeux noirs perçants.

Je pliai et le rangeai dans mon sac.

Toni ne laissa pas le choix à Maria de s'installer sur le siège arrière de la voiture pour le trajet du retour.

Il régnait un silence de mort. Je me sentais vidée d'émotion et épuisée.

J'observais Toni du coin de l'œil.

Sa jambe tremblait de rage, il se pinçait l'arrête nasale, se passant les mains fréquemment sur le visage.

Une bombe à retardement était assise à côté de moi. Je ressentais l'envie de lui conseiller de se calmer, mais le connaissant, c'était la désamorcer en coupant le mauvais câble.

Maria avança sa tête entre nos deux sièges, s'adressant à lui.

— Tu crois qu'Hector...?

Il ne la laissa pas terminer sa phrase, pour lui, ça ne faisait aucun doute.

Il se tourna vers moi.

— Ils m'avaient signalé qu'un test médical était impossible, puis-je savoir ce qu'il y avait sur le papier? me demandait-il nerveusement alors que nous arrivions.

— Un autre test, lui répondis-je, évasive.

Je le sentais furieux contre moi sans en connaître la raison.

Je n'avais pas encore coupé le moteur, qu'il descendit du véhicule.

Il passa devant moi, me lançant un regard furibond.

— Toni! criai-je dans l'espoir d'avoir une explication sur son comportement.

Il continua son chemin sans se retourner.

— Antonio! m'exclamai-je à nouveau.

Il s'arrêta brusquement, se retourna et s'avança vers moi.

— Si tu es persuadé comme nous qu'Hector est à l'origine de cette situation, pourquoi es-tu en colère contre moi? lui demandai-je calmement.

Il explosa.

— Parce que j'ai failli... Il laissa un blanc, serrant le poing, probablement mesurant ses paroles, puis il continua, failli avoir des problèmes pour rien, à cause de toi!

Son débit de parole était augmenté, parlant avec ses mains, il se rapprochait de plus en plus de mon visage.

Je le connaissais colérique, ayant déjà assisté à plusieurs engueulades de sa part.

Mais je ne l'avais jamais vu dans un tel état de fureur.

Il radoucit le ton de sa voix.

— Mais ne t'inquiète pas, je n'ai pas manqué de leur signaler ce que tu pensais, me déclara-t-il sarcastique.

— C'est-à-dire? gloussai-je.

— Que tu te sentais trop bien pour moi! s'emporta-t-il à nouveau, sortant de ses gonds.

Je restais muette, choquée par ses propos.

Pour la première fois, face à un élan de méchanceté de sa part, Maria s'interposa.

Fouillant mon sac et attrapant mon certificat, elle l'appuya sur le torse de Toni, le forçant à reculer d'un pas.Elle m'attrapa le bras, me forçant à la suivre en direction de mon domicile.

— Laisse-le se calmer, me demanda-t-elle, suffisamment fort pour qu'il l'entende également.

Mon sang ne fit qu'un tour.

— Qu'as-tu fait? balbutiai-je au bord des larmes.

— Je répare mes bêtises, m'assura-t-elle alors que nous rentrions chez moi.

Elle me conseilla de dormir un peu, la journée avait été éprouvante et je tenais à peine debout.

Elle resta le temps que je prenne une douche et m'abandonna à un sommeil profond.

Je m'éveillais deux heures plus tard, courbaturée. Chaque muscle de mon corps me faisait souffrir.

À la limite de la tétanie engendrée par les émotions négatives de la journée, je rêvais d'un bain relaxant.

Pour la première fois depuis mon arrivée, je me sentais seule et la pensée de faire mes valises me traversa.

La nuit n'allait pas tarder à tomber et la température était accablante.

J'enfilais un maillot de bain, pensant me délacer un moment dans la piscine.

J'écoutais de la musique, mes écouteurs dans les oreilles et à moitié couchés sur le rebord.

Mes larmes se mirent à couler. Je pensais à ma mère, au nombre de fois qu'elle m'avait répété, «Dieu compte les larmes des femmes». D'origine hébraïque, c'était un de ses passages préférés de la Torah.

Cela faisait des années que je n'avais pas entendu ces paroles et elles résonnaient dans ma tête, comme si elle avait été à côté de moi.

Je sentis un léger remous dans l'eau, qui me fit me retourner.

Toni se trouvait derrière moi dans la piscine. Il avait ôté son jeans et son T-shirt.

Je le regardai, ne sachant si j'étais réellement éveillée. Il s'approcha de moi et essuya mes larmes du revers de sa main.

— Je suis passé plusieurs fois mais tu dormais.

Je m'écroulai dans ses bras.

Il leva mon visage délicatement et m'embrassa tendrement. J'avais si souvent imaginé ce moment, empreint de fougue et de passion, mais à aucun moment je n'avais pensé que notre premier baiser n'aurait que le goût de mes larmes.

Il posa son front contre le mien.

— Tu as raison, ma place n'est pas ici, sanglotai-je en m'éloignant.

Il me rattrapa dans mon élan.

— J'ai rarement tort, déclara-t-il, ajoutant, mais c'est trop tard pour ça.

Il me tira vers lui, guidant ma bouche vers la sienne. Je succombai, laissant sa langue me caresser sensuellement.

Ses baisers ne tardèrent pas à monter en puissance.

Ma peau se consumait sous ses caresses. Ses mains glissèrent de mon dos jusqu'à mes fesses qu'il saisit fermement, me soulevant. J'enroulai mes jambes autour de sa taille.

Je sentais son souffle chaud dans mon cou quand il me murmura.

— Tu aurais dû me le dire.

— J'ai essayé, cette nuit-là, lui avouai-je.

Ses bras m'étreignaient conte son torse, laissant libre cours à mes mains de vagabonder sur sa peau dorée.

Je dégrafai le haut de mon maillot, le fixant dans les yeux.

— Tu es sûre? me demanda-t-il, tandis que je sentais son excitation durcir entre mes cuisses.

Jamais je n'avais été plus sûre d'une décision que ce soir-là. C'était dans ses bras que je décidai de m'abandonner.

Je sentis ses doigts écarter mon slip. Le contact de mon sexe le désirant amplifia sa respiration.

Je le laissai me pénétrer, agrippée autour de son cou en fermant les yeux. Il me bascula doucement en arrière vers la surface de l'eau.

— Regarde-moi, me susurra-t-il, m'obligeant à ouvrir les yeux.

Ses à-coups répétés provoquaient de légères vagues me berçant.

Je ne ressentais que la brûlure provoquée par ses assauts saccadés.

Il arrêta brusquement sa poussée au plus profond de mon corps tandis que mes ongles lui écorchaient la peau.

Il cabra son corps, bloquant plus fermement mes reins contre lui quand je sentis son plaisir exploser en moi.

Il ne rentra pas chez lui, cette nuit-là. Je m'endormais blottie contre lui, me rassurant de la chaleur de son corps.

Je m'éveillais au petit matin sentant sa main caressant mes cheveux.

— Ça fait longtemps que tu es réveillé? m'inquiétai-je.

Il me sourit.

— Un moment. Tu as bien dormi? me questionna-t-il à son tour.

J'acquiesçai. J'avais dormi comme un bébé, laissant derrière moi toutes les tensions de la journée passée.

J'eus le réflexe de regarder ma montre. Il allait être neuf heures. J'étais déjà en retard. Je me relevai d'un bond.

— Mon réveil n'a pas sonné, m'écriai-je paniquée.

S'appuyant la tête sur son coude, il se tourna vers moi.

— Si, je l'ai coupé, m'avoua-t-il en ajoutant, on ne va pas travailler aujourd'hui.

Je me flanquais à rire. J'avais déjà manqué une journée la veille, je ne pouvais me le permettre et lui non plus.

Mais il semblait sérieux.

— Je voudrais te montrer quelque chose, me déclara-t-il attisant ma curiosité.

Il sortit du lit, me laissant me préparer.

Je le retrouvai dans la cuisine buvant un café tranquillement.

— Tu n'as pas ouvert le garage? m'inquiétai-je en regardant par la fenêtre.

— Va mettre un maillot et des baskets, m'ordonna-t-il au moment où j'entendis frapper à la porte.

Je m'exécutais, le regardant, interrogative.

À mon retour dans la cuisine, je trouvais Maria, Miguel et Fernando qui attendaient.

Un sac à la main, Maria nous avais pris un pique-nique à la pizzeria.

Nous prîmes ma voiture, à cinq, cela semblait la meilleure idée.

Toni prit le volant, tandis que je m'installais à l'arrière avec Maria et Miguel. Fernando occupait le siège passager.

Nous roulions déjà depuis un moment. Abandonnant le sable et les palmiers pour une végétation plus dense et plus luxuriante.

Le climat sec et chaud laissait la place à l'humidité pesante.

J'entrevis quelques regards de Toni par le biais du rétroviseur.

Après environ une heure et demie de route, il se stationna.

Nous suivions un sentier bordé d'arbres immenses, qu'une faible brise balançait, laissant filtrer les rayons du soleil.

J'entendais un bruit assourdissant se rapprochant de nos pas.

Nous arrivions face à une crique paradisiaque.

Une cascade fracassait brutalement les flots vert émeraude d'un bassin naturel.

L'endroit semblait préservé par la nature par d'énormes rochers lisses bordant les alentours.

Je restais stoïque face à la beauté du paysage.

Toni posa sa main dans le creux de mes reins, souriant à ma réaction.

— Gozalandia, me murmura-t-il au moment où j'allais lui demander où nous nous trouvions.

J'aimais la mer, certes, mais la vision de cet endroit me laissa sans voix.

Je laissais les autres se jeter à l'eau pendant que mes yeux fixaient le moment.

J'avais dû passer toute mon adolescence à m'endormir devant un poster ressemblant de près ou de loin à ce panorama. La coïncidence me frappa de plein fouet.

J'entrais dans l'eau à mon tour après avoir abandonné mes vêtements sur un rocher. Le sol rocailleux m'imposait de garder mes baskets.

Nous nous amusions, profitant de l'insouciance de l'instant.

Maria et Miguel s'éloignèrent un instant, recherchant un moment d'intimité.

J'espérais également un tel moment avec Toni mais Fernando ne semblait pas décidé à nous l'accorder.

Quelques sourires entre nous me le faisaient comprendre.

Je m'approchai sensuellement de lui, m'amusant du désir qui semblait l'habiter.

Nous échangions quelques baisers enlacés. Cela ne semblait pas au goût du frère de Maria qui nous jetait des regards désapprobateurs.

— Que se passe-t-il avec Fernando? demandai-je à Toni à voix basse.

— Ça lui passera, m'assura-t-il dans une intonation identique.

Je m'amusais de la situation, le caressant sous la surface de l'eau. L'envie de lui faire perdre le contrôle attisant le jeu.

Il me fit comprendre assez vite que contre lui, je ne pouvais que m'avouer vaincue.

Je sentais ses doigts s'enfoncer en moi. Ne réalisant aucun mouvement rappelant un quelconque acte sexuel, je le laissai me toucher à un endroit précis qui me provoqua instantanément une tension dans le bas ventre. Le fixant dans les yeux, je lisais à livre ouvert ma défaite.

Il m'embrassait dans le seul but de camoufler mes gémissements.

— Viens me chuchota-t-il.

Nous sortîmes de l'eau. Il me tendit une serviette de bain. Mes chaussures, encore remplies d'eau, grinçaient à chaque pas.

Nous partîmes nous balader, échappant ainsi à l'omniprésence de Fernando.

Le climat et la luxuriance des lieux rappelaient la forêt tropicale telle qu'on aurait pu la regarder dans un documentaire. Toni déposa la serviette à l'orée d'une petite clairière.

Nous étions enfin seuls. Il n'y avait que le chant des oiseaux, porté par le vent qui résonnait dans ce havre de paix.

Je m'allongeais auprès de lui.

— Tu es sûr qu'il n'y a personne? m'inquiétai-je en scrutant les alentours.

— On risque juste d'effrayer les animaux, plaisanta-t-il en riant.

Nous nous embrassions depuis un moment quand ses caresses réclamèrent un moment plus intime.

Contrairement à la veille, la douleur avait presque disparu.

Je le laissais me faire l'amour.

Malgré la beauté du paysage, je restais plongée dans ses yeux, ressentant ses battements cardiaques à chaque pression de son corps contre le mien.

Je ressentais mon ventre se contracter à chaque poussée qu'il exerçait.

Il allait jouir. Rien que cette pensée attisait mon excitation.

Son orgasme déclencha le mien.

Chaque salve de sa part entraînant automatiquement une contraction de mon sexe sur le sien me provoquait un sentiment de plénitude intense.

Nous restâmes collés l'un à l'autre le temps de reprendre notre souffle.

Mon corps entier se mit à trembler et mes jambes à fourmiller.

Dès que nos forces nous le permirent, il se tourna sur le dos, m'emportant dans ses bras. Je restai la tête posée sur son torse, bercée par l'amplitude de sa respiration.

Quelque chose me chiffonnait depuis la veille.

— Tu ne te protèges pas? lui demandai-je sans relever la tête.

— Je voulais te sentir, répondit-il en déposant un baiser sur mes cheveux.

Sa réponse ne me suffisait pas, après tout, je savais ne pas être la seule à bénéficier de ses faveurs.

Il souleva ma tête pour m'embrasser et me murmura.

— Ne t'inquiète pas, j'ai toujours fait ce qu'il fallait jusqu'à présent.

Je vivais la plus belle journée de ma vie, et ne voulant pas tout gâcher, j'abandonnais.

Pensive sur la journée qui se terminait je lui confiais insouciante.

— Si on se trouve pas dans une prochaine vie, on se donnera rendez-vous ici.

Il se mit à sourire à mes paroles.

4

La gourmandise

«Le pêcher qui s'oppose à la tempérance»

La vie s'écoulait tranquillement. Nous avions passé nos un mois. Toni m'avait offert un coqui pour cette occasion.

Un porte-bonheur portoricain représentant une petite grenouille que j'avais accrochée sur un bracelet en cuir, de la couleur de la façade de la maison.

Je m'amusais de jouer à la maîtresse de maison.

Entre la préparation du souper et sa lessive, je découvrais une facette de ma personnalité inconnue jusqu'à présent.

Maria me manquait, nous ne nous parlions plus que par téléphone.

Le travail et Toni me prenaient le plus clair de mon temps.

Malgré tout, nous avions décidé d'un commun accord de rester discrets concernant notre relation. Hector nous avait fait assez de tort.

Ce matin-là, nous nous levions comme d'habitude, avalions un café avant de partir au travail.

J'étais souvent la première à partir, Toni n'ayant qu'à traverser le chemin.

Il semblait fatigué.

— Tu as mal dormi? m'inquiétai-je, évitant de me brûler en soufflant sur ma tasse de café.

Il nia ma question.

— Peut-être devrions-nous dormir un peu plus, déclarai-je essayant de lui décrocher un sourire.

Bien qu'étant très souvent en position horizontale, nous dormions très peu. Son tempérament chaud nous faisait passer des nuits torrides.

Même mes allusions salaces n'arrivèrent pas à lui induire une quelconque expression faciale.

Il attrapa mes clés de voiture.

— Je vais te conduire, m'annonça-t-il en regardant sa montre.

Il ne m'adressait pas la parole durant le trajet. Heureusement, avec sa manière de conduire nous arrivâmes assez vite.

— À tantôt. Soupirai-je sur le point de descendre.

Il saisit ma main, me retenant un instant.

— Je passerai te prendre tantôt, ma grand-mère nous invite pour le souper, me déclara-t-il.

— Et c'est ça qui te met dans cet état? m'exclamai-je à moitié rassurée.

Il était vrai que mise à part la nuit de l'anniversaire de Maria, Santina ne nous avait pour ainsi dire jamais vus ensemble.

— Et ça te gêne? enchaînai-je, attendant désespérément une réponse de sa part.

— Ça dépend, soupira-t-il sans détourner le regard.

— De quoi?

Je retirais ma main brutalement, essayant de le faire réagir.

— De toi, répondit-il, me regardant sortir de la voiture.

Il démarra et disparut aussi vite de mon champ de vision.

Je m'activais au travail repensant à ces paroles.

Qu'insinuait-il pour qu'un simple souper le tracasse à ce point là?

La journée se passa aussi mal qu'elle avait commencé. Une surcharge de travail ne m'ayant pas accordé un instant de répit.

Dix-sept heures tapantes je fermais le dispensaire. Toni m'attendait avec la Mustang, le moteur vrombissant.

Je tentai un timide salut en grimpant dans la voiture.

N'ayant eu aucune nouvelle de sa part durant la journée, je prenais la température de son humeur avant d'adapter la mienne.

J'avais hésité à lui envoyer un texto mais je m'étais résignée, il ne répondait jamais de toute façon.

Il ne semblait pas de meilleure disposition que le matin. Je me fis discrète durant le trajet.

Nous arrivâmes chez sa grand-mère. Soulagée, j'embrassai Santina. La table était déjà dressée et le fumet d'une casserole mijotant embaumait sa maison.

— Tu n'as pas trop de travail? me demanda-t-elle souriante.

Je la rassurai. Le travail ne m'avait jamais fait peur.

S'avançant vers la cuisine, je lui proposai mon aide.

Toni jetait un œil sur le courrier reçu depuis sa dernière visite.

Il se faisait plus rare chez lui depuis qu'il dormait à la maison.

Elle me confia que mon prédécesseur critiquait souvent la surcharge de travail.

— S'adapter à un nouveau médecin tous les deux ans n'est pas non plus chose facile pour nous, me confia-t-elle en remuant le repas prêt à être servi.

À la fin de sa phrase, Toni se leva et sortit de la maison.

Il ne me fallut qu'un instant pour faire le rapprochement sur ce qui le tracassait depuis ce matin.

Je courus pour le rattraper, mais il était déjà loin.

— Tu pars? m'écriai-je, tandis qu'il s'éloignait sans se retourner.

Je revins sur mes pas. Santina nous avait servi, laissant l'assiette de Toni vide.

— Quand il est dans cet état-là, il vaut mieux qu'il s'isole, me confia-t-elle.

Son diabète lui imposant des heures de repas régulières nous mangions sans lui.

Elle nous avait préparé un plat traditionnel à base de riz, de pois et d'olives coupées finement. C'était délicieux et légèrement épicé.

Nous terminâmes le repas calmement. Je fixais tristement la chaise de Toni vide.

À la fin du repas, je l'aidais à débarrasser.

Une éternité que je n'avais pas fait la vaisselle avec quelqu'un, un moment nostalgique me traversait.

— Il n'y avait que quand ils disparaissent que ces moments d'apparence insignifiante nous manquent.

Elle me parlait de Toni, de sa déception qu'il ait dû arrêter ses études à l'université.

Je comprenais mieux le bagage culturel qui m'avait tant étonné au début de notre rencontre.

— Les aléas de la vie sont souvent cruels, lui rétorquai-je pensive.

Nous avions terminé et il ne rentrait toujours pas. Nous nous installions devant la télévision.

Je scrutais ma montre, l'inquiétude montait d'un cran, suivant l'aiguille des minutes s'écoulant.

Je pensais rentrer chez moi, la journée avait été éprouvante et la fatigue me gagnait peu à peu.

Je me levai pensant saluer Santina.

— Va te coucher si tu es fatiguée.

Pour elle, il était hors de question que je rentre seule à la nuit tombée.

Je suivis son conseil et grimpais l'escalier menant à la chambre de Toni.

Je pris une douche en vitesse et retendais les draps du lit restés tel quel depuis ma dernière visite. J'enfilais un de ses T-shirts traînant sur son lit et m'allongeais.

Le souvenir de cette nuit m'envahit. Où es-tu? pensai-je en serrant son oreiller contre mon visage.

Je sursautais au bruit d'une porte se refermant en bas et tendis l'oreille.

Santina lui demandait s'il voulait manger mais il refusa. Je m'attendais à ce qu'elle le sermonne sur son attitude, mais je ne perçus rien de tel. Le ton qu'elle employait restait très doux, à la limite de l'empathie.

Alors que j'entendais Toni s'engager dans l'escalier, elle ajouta.

— Tu devrais lui dire avant qu'il ne soit trop tard.

Ses mots lui firent stopper son élan quelques instants. Il ne lui répondit pas et se remit à monter.

Je simulais mon endormissement quand la porte grinça sur son passage.

L'eau de la douche se mit à couler.

Dire quoi, à qui? Je réfléchissais, était-ce de moi qu'elle parlait?

Je refermais les yeux à l'arrêt du jet de douche.

Le lit trembla sous son poids. Je n'osais bouger, sentant sa respiration frôler mes cheveux.

Il saisit violemment ma hanche m'obligeant à me remettre sur le dos.

M'écrasant du poids de son corps, il me murmura.

— Donne-moi du plaisir.

Il sentait l'alcool et ne semblait plus maître de ses actes.

N'osant me refuser à lui, je le laissais continuer à me soumettre à ses désirs.

Il remontait mon T-shirt attrapant au passage ma poitrine qu'il maintenait un peu trop fermement.

Il souleva ma cuisse pour ouvrir mon corps à son passage.

Il me pénétrait brutalement, ses coups étaient puissants, à la limite douloureux.

J'essayais de supporter un moment mais mes cris attisaient son ardeur.

— Tu me fais mal! m'écriai-je tout à coup.

Il se calma et se retira. Sa respiration amplifiée me rejetait son haleine alcoolisée.

Il s'allongea sur le dos. Sur le point de me retourner, pensant échapper à son comportement dépravé, il passa sa main dans mon dos. Il me bascula vers lui, approchant mon visage de son sexe.

— Finis-moi alors, m'ordonna-t-il sans aucune pudeur.

Pour la première fois, il me réclamait une fellation.

Je laissais son pénis aller et venir dans ma bouche, il maintenait ma tête, ses doigts ancrés dans mes cheveux.

Impossible de me retirer, je manquais de m'étrangler. Il émit un gémissement au moment où je le sentis venir dans ma bouche.

Je me relevai, gênée, et courais à la salle de bain.

Que lui arrivait-il? Cet homme allongé dans ce lit n'avait que l'apparence de celui que j'aimais.

Rien que l'alcool ne puisse expliquer entièrement, il se passait autre chose.

Je revins me coucher à ses côtés, il dormait déjà.

Au petit matin, j'étais la première éveillée. Les rayons du soleil traversaient la pièce, formant un halo lumineux autour de notre lit.

Il dormait paisiblement, certainement assommé par l'alcool ingurgité la veille.

Je profitais de ce moment de calme sous une douche bien chaude. J'étais inquiète et en colère.

Contre lui premièrement mais contre moi aussi.

Il me dominait et je l'encourageais.

Réveillé, il ne tarda pas à me rejoindre sous la douche, je lui tournai le dos.

— Je suis désolé pour hier, me murmura-t-il appuyant son front sur mon épaule.

— N'en parlons plus, lui répondis-je sèchement en sortant de la douche.

Encore gênée de nos ébats de cette nuit, je ne voulais pas partir travailler énervée.

Il me conduisit au travail, muette durant tout le trajet, je gardais cette attitude jusque passé la porte du dispensaire.

La journée atténua un peu ma colère envers lui.

Je rentrais à la fin de la journée dans l'intention de préparer le repas.

Tout semblait déjà fermé au garage, ce qui m'étonnait. Il commençait plus tard que moi certes, mais travaillait souvent jusqu'à dix-neuf heures trente.

J'avais faim et m'attelais dans la cuisine sans tarder. J'assaisonnais un poulet avec de l'estragon et le montais en risotto.

Mon estomac tiraillant à l'odeur, je me mis à commencer le plat encore mijotant.

On frappa à la porte.

Un homme se tenait sur mon perron. Il n'était pas très grand, de longs cheveux noirs détachés tombaient sur sa veste en cuir. Malgré un regard noir perçant, presque obscur, on ne pouvait détacher les yeux des nombreuses cicatrices qui le défiguraient.

Souriant de ses grandes dents blanches, il me demandait à voir Toni.

— Il n'est pas là, avouai-je méfiante.

Ne voulant pas le faire entrer en l'absence de Toni, j'attendais qu'il prenne la décision de partir.

Je fus soulagée d'entendre le moteur de la Mustang arriver.

Toni descendit une bouteille de vin à la main.

— T'es en retard, lança-t-il à son ami en entrant.

Il me tendit la bouteille, m'embrassant furtivement.

Il me présenta Emilio avant de prendre deux bières dans le réfrigérateur et de s'isoler avec lui dans le jardin.

De loin, j'observais Emilio ôter sa veste. Je ne pus dire ce qui m'angoissait le plus, l'arme à la ceinture ou ses bras entièrement recouverts de tatouages.

Je débouchai le vin et plaçai la bouteille sur la table déjà dressée.

J'attendais qu'ils terminent impatiemment grignotant quelques morceaux de poulet.

Leurs visages étaient graves et Toni semblait préoccupé. Il s'était penché vers l'avant, gardant sa bière entre ses jambes.

La tristesse avait envahi ses yeux quand j'aperçus Emilio lui poser une main sur l'épaule en signe de réconfort.

Ils revinrent vers la maison. Emilio me souriant avait presque l'air amical.

— Ça sent bon, me complimenta-t-il sur le repas.

Je lui proposai de rester par politesse mais il déclina mon invitation.

Après son départ, je n'eus pas de grandes explications sur le motif de sa visite.

Nous mangeâmes, j'avais faim.

Toni semblait plus loquace que la veille durant le repas. J'en profitai.

— Tu as fermé tôt aujourd'hui, constatai-je me resservant quelques cuillerées dans le plat.

— Le camion de livraison n'est pas passé, m'expliqua-t-il. Il attendait un paiement d'Hector qui se faisait attendre.

Je le vis se pincer l'arrête nasale. Je m'inquiétai.

— Tu ne te sens pas bien?

— Ça va, juste un mal de tête.

Je me levai pour lui donner un antidouleur. Il s'installa sur le sofa pendant que je rangeais la cuisine.

J'allais m'asseoir à côté de lui quand il me saisit dans ma lancée, me forçant à m'installer sur ses genoux.

Il me lança un regard plus explicite que mille paroles. M'embrassant tendrement, il enleva mes vêtements.

Commençant sur le sofa, nous terminâmes au lit. Il me fit l'amour deux fois cette nuit-là.

Ses gestes beaucoup plus doux que la veille me rendirent sensible à ses caresses et m'octroyèrent un orgasme à chaque coït.

Je m'éveillai seule ce matin là, épuisée mais satisfaite de la nuit passée.

Je le cherchai partout dans la maison, mais ne le trouvais nulle part.

Je me préparais un café quand je le vis par la fenêtre s'activant au travail. Il était à peine sept heures du matin et il semblait en pleine forme. L'amour donne des ailes pensai-je souriante.

Je m'habillai en vitesse, pensant lui apporter un café avant de partir moi-même au boulot.

Je me mis en route.

— Déjà au boulot! lui lançai-je amusée.

Il m'embrassa en prenant la tasse.

— J'ai jamais su m'endormir, me déclara-t-il, empreint d'une certaine nervosité.

Je l'observais se gratter le cou en buvant son café.

— Attends! Laisse-moi regarder, lui demandai-je m'approchant de lui.

Il semblait avoir une petite plaque d'eczéma juste au-dessus de la pomme d'Adam.

Certainement dû au stress encaissé ces derniers temps.

— Je te ramènerai une crème ce soir, déclarai-je en partant.

Il n'y eut pas grand monde au dispensaire ce jour-là et je décidai de fermer une demi-heure plus tôt.

Je voulais passer chez un marchand local lui acheter des Tamales, des beignets de bananes plantains qui me faisaient envie depuis quelques jours.

Je pris par la même occasion de quoi préparer le souper.

Je ne tardais pas à rentrer, explosée d'avoir si peu dormi.

Descendant de la voiture, je saluai de loin Fernando qui travaillait à l'extérieur du garage. Il me nia.

Le temps de me mettre à l'aise et d'ôter mes vêtements de travail, je lançai le repas.

J'épluchais mes légumes au-dessus de la poubelle dans le but de gagner un peu de temps.

Le fermoir de mon bracelet lâcha et mon pendentif disparut dans les méandres des ordures.

Quelques grossièretés plus tard, je me retrouvai accroupie fouillant les détritus.

Une si petite perle, j'allais mettre du temps à la retrouver pensais je.

C'était un cadeau de Toni, il était impensable que je ne puisse la retrouver. Elle avait depuis remplacé mon médaillon qui avait tant de valeur à mes yeux.

Je sortis quelque chose de la poubelle me paraissant étrange. Toni avait jeté un de ses T-shirts en boule, calé au fond du sac. Le dépliant, je le vis couvert de sang et mon coqui en tomba. Son odeur me déclencha la nausée.

S'était-il blessé? J'angoissai.

Je ne pris pas le temps de remettre mon bracelet, m'empressant de courir au garage pour avoir une explication.

Je tombais sur Fernando qui me barrait la route.

— Il n'est pas là! me signala-t-il sèchement.

Ne sachant quelle mouche l'avait piqué je lui répondis.

— Ne te fiche pas de moi, sa voiture est là. Je le vois mal se balader à pied par cette chaleur.

Je me mis en tête de lui forcer le passage. Il fallait que je sache s'il allait bien après ma découverte macabre.

— Tu ne devrais pas y aller. Insista Fernando.

N'écoutant pas ses recommandations, je montai dans son bureau.

J'entendis Fernando grogner.

— Je t'aurais prévenu.

N'y prêtant aucune attention, je grimpai l'escalier quatre à quatre.

J'entras d'un seul coup sans frapper.

Il n'était pas seul, trois jeunes hommes ressemblant trait pour trait aux dépositaires du paquet contenant l'arme étaient en sa compagnie.

Une bouteille de rhum presque vide s'était renversée sur son bureau.

Juste devant Toni se trouvait une bouteille d'ammoniaque et un morceau d'aluminium brûlé.

L'un des jeunes lança.

— J'me la tape en premier, me dévisageant.

— Ferme ta gueule! s'énerva Toni sur le jeune en question.

Il me fixait le regard tantôt furieux, tantôt coupable.

— Mais quelle conne! m'insultai-je à haute voix.

Je fis demi-tour, la rage me portant.

Ce n'était pas suffisant de passer à côté du cancer de ma mère, absorbée par ma carrière. Il fallait qu'aveuglée par l'amour, je ne me rendai pas compte que l'homme avec qui je couchais soit addict au crack.

Je passai devant Fernando, semblant satisfait, lui lançant un regard de mépris.

Je rentrai chez moi, en colère et réfléchissant. Tout coïncidait pourtant.

De ses maux de tête à ses insomnies, de son hyperactivité à sa libido exacerbée ces derniers temps, je me trouvai face à un tableau clinique parfait.

Même son prurit dans son cou le matin en question aurait dû me mettre la puce à l'oreille, et je ne m'étais aperçue de rien.

J'attrapai un sac collectant le moindre effet personnel lui appartenant.

Je ne voulais pas de ça chez moi.

Il arriva furieux, poussant si fort la porte qu'elle claqua contre la paroi, faisant grincer les charnières.

— Tu fais quoi, là? me demanda-t-il.

Il s'approchait dangereusement de moi, certainement encore sous l'emprise de la drogue. Je reculai.

— Je veux que tu dégages de chez moi, hurlai-je.

Je me dirigeai vers la poubelle, brandissant le T-shirt et lui demandai sur la même intonation.

— Explique-moi ça!

— De l'huile de vidange, me répondit-il calmement.

— Ne me prends pas pour une conne Antonio, je suis médecin, je sais encore reconnaître du sang. Ça a la couleur du sang et ça l'odeur du sang. Lui jetant le T-shirt à ses pieds.

Il essaya de me prendre dans ses bras. J'esquivai sa manœuvre et je m'éloignais. Il avait le même regard que la nuit qui suivit le souper chez Santina, où il avait disparu plusieurs heures.

S'avançant, il me força à rentrer dans la chambre.

— Déshabille-toi! m'ordonna-t-il, déboutonnant son pantalon.

J'étais déjà furieuse, mais j'explosai.

— Dans tes rêves, tu ne me toucheras pas dans cet état!

Je le repoussai violemment. Le contournant pour retourner dans la cuisine, il saisit mon bras.

D'un mouvement bref, je me dégageai de son emprise.

— Tu as facile de fuir devant chaque problème, me culpabilisa-t-il d'une intonation presque paternel.

— Tu as raison, se réfugier dans l'alcool et la drogue n'est pas du tout une preuve de lâcheté, lui répondis-je, ironique.

Je ravalai mes paroles en déglutissant.

Mon Dieu, qu'avais-je fait? Qu'avais-je dit?

Depuis le temps passé à ses côtés, j'aurais dû savoir que toucher à son orgueil était une très mauvaise idée.

Persuadée que sous influence, il n'aurait pas la capacité de se maîtriser, je restais stoïque le fixant dans les yeux.

Il devint fou, se jetant sur moi, le poing levé.

— Vas-y frappe, j'ai eu un père avant toi, j'encaisse très bien! m'exclamai — je, ne baissant les yeux.

Le coup partit, je fermai les paupières instinctivement, bloquant ma respiration. Il atterrit dans le mur à la hauteur de mon visage.

J'ouvris les yeux en entendant la porte claquer. La trace de son poing était incrustée dans le mur, ayant effrité le plâtre le recouvrant.

Je m'écroulai sur les genoux en larmes.

Les émotions les plus importantes sur une ligne de vie sont la peur et l'amour.

Je me retrouvais en plein milieu.

5

La jalousie

«Rivalité et convoitise»

Une semaine s'était écoulée depuis notre dispute.

Je ressentais un manque grandissant de jour en jour. La colère s'étant estompée, l'inquiétude avait pris le dessus.

Maria revenait régulièrement me rendre visite et essayait de me réconforter.

Je m'en voulais de l'avoir mise de côté depuis si longtemps mais elle ne m'en tint pas rigueur.

Je n'arrivais plus à manger et maigrissais à vue d'œil.

J'essayais d'avoir des nouvelles par son intermédiaire, mais Maria restait évasive.

N'arrivant plus à me concentrer, je délaissais mon travail.

Je me laissais totalement aller, passant du canapé au lit. Je ne m'habillais même plus, écoutant des chansons tristes toute la journée.

Maria arriva ce matin-là, m'apportant un petit déjeuner. Il était neuf heures du matin et j'étais toujours en pyjama allongée sur le sofa.

Rien que la vue de la nourriture me retournait l'estomac.

Je me relevai en direction de la cuisine.

— C'est ton frère qui doit être content, lançai-je à Maria, aigrie.

J'en voulais à la terre entière. J'allumai une cigarette sous les yeux ébahis de Maria.

Elle s'approcha de moi nerveusement, arrachant ma cigarette des mains, la passant sous le jet d'eau et la jeta dans la poubelle.

— Arrête tes conneries! me réprimanda-t-elle. Mon frère et Toni ont grandi ensemble. Il a autant de valeur à ses yeux que moi.

Je sentis mes larmes commencer à couler. Elle me prit dans ses bras.

— Tes larmes ne le ramèneront pas, Malau, me murmura-t-elle. Tu dois aller lui parler.

Il en était hors de question, je réprimais chaque jour l'envie de courir vers lui. Je hochai négativement la tête à son conseil.

— Je reviendrai ce soir, en attendant, je veux que tu te douches, que tu t'habilles et surtout que tu manges, m'ordonna-t-elle.

Je grimaçai à ses demandes.

Il devait être vingt heures quand j'entendis la porte s'ouvrir. Je n'avais pas vu la journée passer, ayant dormi une grande partie.

Maria se tenait devant moi en colère.

— Je vais le chercher! m'annonça-t-elle, faisant demi-tour d'un pas décidé.

D'un bond je m'encourais, dans l'espoir de la rattraper.

— Je vais me doucher, lui affirmai-je.

Elle attendit que je termine pour me tendre une robe.

— Habille-toi!

Je m'exécutais sans aucune motivation. Elle me força à avaler son déjeuner resté sur la table depuis le matin.

— On y va maintenant, déclara-t-elle.

Devant mon refus elle remit ses menaces à exécution.

Je n'eus d'autre choix que la suivre.

Elle me traînait prendre un verre, Miguel attendait dans la voiture.

L'idée de passer la soirée en compagnie d'un couple amoureux me semblait au-dessus de mes forces.

Arrivés au bar je commandais un jus de fruits, Maria me regardait bêtement.

— J'ai l'alcool triste, on va éviter, expliquai-je.

Essayant de participer à leur conversation, le malaise s'installa.

Je terminais mon verre la première, regardant sans cesse ma montre.

— Je voudrais rentrer, suppliai-je Maria.

Ayant à peine terminé ma phrase, Toni passa la porte du bar.

Il me suffit d'un regard sur elle pour comprendre le coup monté.

Il vint s'asseoir à côté de moi, commandant une bière au passage.

Nous restâmes un moment sans parler.

Je brisais la glace.

— Tu vas bien?

— Aussi bien que toi, grogna-t-il en buvant sa bière.

Je torturais mon bracelet inconsciemment.

— Tu vas le casser, me murmura-t-il au creux de l'oreille.

Il me prit la main pour calmer mon geste.

— Je pensais que tu avais dépassé ce stade avec moi.

Je le pensais aussi, mais ne répondis pas. Mon stress redevenait identique à notre rencontre.

— Je suis désolé, j'aurais voulu t'offrir une autre vie. Me déclara-t-il à voix basse.

Je soupirai.

— Je n'en voulais pas une autre, mais tu ne peux me demander de te laisser te détruire sans réagir, Antonio. C'est au-dessus de mes forces, continuai-je.

Maria et Miguel avaient pris du recul, nous laissant l'intimité de la discussion.

Une ébauche de larme quitta mon œil qu'il essuya de son pouce.

— Au cas où tu ne l'aurais remarqué, je suis amoureuse de toi, lui déclarai-je timidement. Son visage changea.

Je crus dans un premier temps que mes paroles en étaient la cause, mais suivant son regard, j'aperçus Hector entrer.

Il lâcha ma main. La colère se lisait sur son visage, tandis que sur le mien, l'inquiétude montait.

Toni déposa sa main sur ma cuisse et se pencha discrètement vers moi.

— Vas aux toilettes, me chuchota-t-il.

Je me levai, suivant sa recommandation.

Il me fallut passer devant une bande de jeunes, dont l'un d'entre eux me siffla. Je regardais droit devant moi, les ignorant.

J'attendais, me regardant dans le miroir. Je dormais des heures entières, y compris la journée et me trouvais cernée.

La porte s'ouvrit quelques instants plus tard.

Toni était venu me rejoindre. Il s'approcha et me saisit vigoureusement.

Je laissais sa bouche caresser la mienne. Un baiser d'une telle passion, qu'il me fit oublier l'endroit où nous nous trouvions.

Nous eûmes tous les deux du mal à reprendre notre souffle. Il posa son front sur le mien.

— On devrait partir, me dit-il d'une voix saccadée.

J'acquiesçai.

Nous revînmes à la table chacun notre tour.

Maria me souriait.

— On devrait aller ailleurs, dit-il s'adressant à notre petit groupe.

Maria et Miguel acceptèrent.

Nous nous levâmes quand un des garçons de la bande de jeune m'ayant sifflé s'approcha de nous.

Il portait un bonnet et des lunettes de soleil. Son visage à peine visible ricanait.

Il bloquait le passage de Toni s'adressant à lui.

— Paraît que tu es de retour, Jefe.

Il agaçait Toni qui commençait à perdre patience.

— Tu dois être mal informé, déclara Toni. Il essaya de contourner l'homme en question, me poussant derrière lui.

— Je ne crois pas, répondit-il en déposant sa main sur son torse pour l'empêcher d'avancer.

Toni se dégagea brusquement, je sentais la tension monter. Je jetai un regard désespéré vers Maria et Miguel, qui semblaient tous deux aussi inquiets que moi.

L'homme pencha sa tête vers moi, contournant l'épaule de Toni, me regardant dans les yeux en baissant ses lunettes.

— Rien de tel que le cul d'une pucelle, pendejo, s'exclama-t-il en riant.

À ces mots, Toni le saisit par le cou, le forçant à reculer contre le premier mur que son dos arrêta.

— Tu devrais mesurer tes paroles quand tu parles d'elle, PENDEJO!

Il appuya l'insulte pour lui renvoyer.

Aveuglé par la rage, il le soulevait d'une seule main, empêchant ses pieds de toucher le sol.

Les autres jeunes se levèrent pour défendre leur ami.

Miguel s'adressa à toute la bande.

— Je ne crois pas, c'est Antonio Rivera!

Bien qu'ils étaient plus nombreux que nous, il se rassirent, ignorant l'altercation.

Les lèvres de sa proie se cyanosaient, il lui écrasait la trachée.

Miguel essaya de lui faire lâcher prise mais il ne réagissait pas.

M'avançant doucement vers lui, je posai ma main sur son bras, sentant sous mes doigts ses muscles contractés à leur paroxysme.

Je gardais cette position et essayais de dégager ses doigts du cou du pauvre homme avant qu'il ne perde connaissance.

— Viens mon amour, rentrons à la maison, lui glissai-je à l'oreille.

Il lâcha sa prise et l'homme s'écroula. Il tentait de reprendre son souffle entrecoupé de quinte de toux.

Toni me prit dans ses bras et m'embrassa.

La soirée était plombée et nous décidions d'un commun accord avec nos amis de rentrer chacun chez nous.

Sur le trajet, Toni me fit remarquer qu'Hector avait assisté à toute la scène. Il semblait plus perturbé de ce fait que d'avoir presque tué un homme à mains nues.

De retour à la maison, je m'allongeais dans ses bras, la tête contre son torse, inspirant profondément pour m'imprégner de son odeur.

Il passait ses doigts dans mes cheveux.

— Je t'aime, lui avouai-je en le serrant contre moi.

Il déposa sa bouche sur mes cheveux et y déposa un baiser.

La nuit fut calme et je me réveillai blottie dans ses bras. Le seul endroit me procurant un sentiment de sécurité et de bien-être.

Ce fut dur de l'abandonner ce matin-là, mais le travail nous rappelait à l'ordre.

Ayant manqué plusieurs jours au dispensaire dernièrement, je faisais face à un afflux de patients phénoménal.

Je pris quand même un moment pour appeler Franck, lui demandant de préparer mon contrat.

Il était grand temps d'éliminer le problème d'Hector de l'équation, pensai-je.

Il allait être neuf heures trente et je savais que Maria travaillait aussi. Je lui envoyais un texto la remerciant de son intervention de la veille. Sans elle, je serais toujours en train de me morfondre sur mon canapé, écoutant en boucle la chanson No me equivoco del Señior Dize.

Je n'eus aucune réponse.

Une heure plus tard, j'essayai de l'appeler entre deux patients. Je tombai directement sur sa messagerie.

J'essayerai encore après le prochain patient. Peut-être était-elle déjà en ligne, me dis-je.

La porte de mon bureau s'ouvrit brusquement me faisant sursauter.

Toni s'approcha de moi en essayant de masquer son inquiétude et m'annonça.

— Maria et Miguel ont eu un accident de voiture cette nuit.

Il parlait calmement, d'un ton rassurant pour ne pas me paniquer.

— Ils sont… Il ne me laissa terminer.

— Ils sont vivants, mais je n'en sais pas plus, ajouta-t-il.

Le temps de renvoyer chez eux les patients restant dans la salle d'attente et de fermer le dispensaire, nous partîmes pour l'hôpital.

Sur le trajet, un sentiment de culpabilité m'envahit.

Tout était de ma faute. Si Maria s'était gardée d'intervenir entre Toni et moi, rien ne serait arrivé.

Ayant déjà arpenté les couloirs de l'hôpital à maintes reprises, ils me semblaient interminables cette fois.

Nous nous dirigeâmes dans la chambre de Miguel qui s'en sortait avec une double fracture tibia péroné.

Fernando assis à ses côtés ne cachait pas son anxiété, gigotant sur sa chaise et se tenant le visage avec les mains.

Tous deux attendaient des nouvelles de Maria descendue au bloc opératoire pour une hémorragie interne. Toni demanda à Miguel ce qui s'était passé.

— Un chauffard ivre, répondit-il, groggy par les antidouleurs administrés.

Je quittai la chambre un instant pour biper Franck. Compte tenu de sa position au sein de l'établissement, il pouvait nous fournir des informations sur l'intervention en cours.

Il arriva très vite, j'étais paniquée et lui expliquai en deux mots la situation. Au bord des larmes, mon corps se mit à trembler.

Amicalement, Franck me prit dans ses bras.

— Je vais voir ce que je peux faire, me rassura-t-il.

Je me rapprochai de nos amis. Nous allions avoir des nouvelles d'ici quelques minutes.

Bien que nous ne nous sentions pas plus rassurés, nous n'avions plus tant à attendre.

Toni se pencha vers moi.

— Il te touche encore, il est mort, grogna-t-il.

Je ne soulevai pas ses paroles, certainement formulées sur le coup de la colère ressentie à ce moment précis.

Franck ne tarda pas à revenir. Il arborait une expression faciale que je connaissais bien. Celle qu'on adoptait dans notre profession sur le point d'annoncer une mauvaise nouvelle.

Je me sentais démunie avant même de l'écouter. Quelle étrange sensation lorsqu'on se retrouve de l'autre côté du miroir, pensai-je.

— Elle est sortie du bloc, et se trouve en salle de réveil, commença-t-il.

Alors que tout le monde se réjouissait de la nouvelle, j'attendais la chute, suivant son annonce.

Il se tourna vers moi.

— Beaucoup d'organes ont été touchés, ils ont dû pratiquer une splénectomie et une hystérectomie, ajouta-t-il me tenant le bras.

Je sentis tous les regards posés sur moi, attendant une traduction à son jargon professionnel.

Quelle horrible tâche me confiait-il. Je n'avais que l'envie de prendre la fuite. Mes larmes se mirent à couler.

— Elle ne pourra jamais avoir d'enfant, hoquetai-je.

Je ne pouvais plus faire face à leurs regards, mon sentiment de culpabilité me fit sortir de la chambre en courant.

Sur le parking où nous avions garé la voiture, Toni me rattrapa.

— Ce n'est pas de ta faute, m'affirma-t-il.

— Si ça l'est, répondis-je en montant dans la voiture.

Je démarrai, laissant Toni sur place.

Je roulais depuis un moment quand, ne sachant où je me trouvais, je décidai de m'arrêter à proximité d'une plage.

Je restais des heures fixant l'océan.

Plongée dans le souvenir de nos discutions entre filles. L'entendant rire de l'immaturité de Miguel et l'imaginant devenir papa, à chaque fois qu'elle me demandait une prescription de pilule contraceptive.

N'étant que deux avec Fernando je savais qu'elle espérait fonder une grande famille.

La nuit allait tomber et je restais toujours là, absorbée par mes pensées.

Mon téléphone avait sonné plusieurs fois. Toni s'inquiétait et je décidai de rentrer.

Passant la porte, il m'engueula.

— Tu étais où? hurla-t-il furieux.

— J'avais besoin d'être seule.

— Si tu penses être responsable, nous le sommes tous les deux.

Il n'avait pas tort, mais cela ne suffit pas à me réconforter.

Cela faisait quelques jours que Maria avait retrouvé sa chambre d'hôpital et je passais tout mon temps libre à ses côtés.

Mis à part Fernando, personne ne pouvait lui rendre visite durant son séjour aux soins intensifs.

J'étais impressionnée par son courage, elle semblait heureuse de vivre, ne se souciant pas des conséquences de l'accident.

Elle resta plus de deux semaines hospitalisée.

Je la rejoignais dès que je le pouvais. Toni semblait compréhensif.

Nous lui organisâmes même une petite fête pour son retour.

Tout rentrait progressivement dans l'ordre. Après tout, comme l'exigeait Maria, la vie devait reprendre son cours. Dieu en avait décidé ainsi, disait-elle.

Je jalousais son état d'esprit, ma culture étant différente, j'en aurais voulu à la vie de s'acharner de la sorte.

Il faisait chaud à cette période de l'année, même si les pluies devenaient de plus en plus fréquentes.

Des pluies si torrentielles qu'elles alourdissaient l'humidité du climat.

J'avais sûrement dû m'hydrater un peu moins par manque de temps, pensai-je.

Je ressentais une légère gêne dans le bas ventre et un picotement lorsque j'urinais depuis quelques jours.

Un début d'infection urinaire me semblait le diagnostic adéquat.

Je me prélevais un échantillon d'urine ce matin-là et commençais un traitement d'antibiotique.

J'essayais de chasser de mes pensées que Toni en aurait pu être la cause. Après tout, nous avions été séparés durant toute une semaine.

Lui seul savait ce qu'il s'était passé durant cette période et nous n'en avions plus reparlé.

J'appelai Franck pour lui confier mon prélèvement. Je fus agréablement surprise d'apprendre que mon contrat était établi et qu'il ne manquait que ma signature pour le valider.

Il se proposa de passer à la maison en fin d'après-midi pour faire d'une pierre deux coups. J'acceptais avec joie.

Je me sentais euphorique à l'idée de l'annoncer à Toni.

Dix-sept heures tapantes, je franchissais la porte de mon domicile, trépignant d'impatience à l'arrivée de Franck.

Il passa comme prévu et je bouclais cette formalité administrative.

Je prévoyais un petit dîner romantique pour le soir et laissai mon contrat sur la table.

Toni rentra tôt ce soir-là. Il fila sous la douche tandis que je terminais les préparatifs du repas.

Je ne pus attendre de commencer à manger pour lui montrer, malgré mon estomac qui criait famine.

Comme une enfant le soir de Noël, impatiente d'offrir mon cadeau, je le brandissais fièrement sous son nez.

Il sourit.

— C'est pour ça, soupira-t-il.

— De quoi tu parles? lui demandai-je.

— Ta visite de cette après-midi.

Je me mis à rire. Il semblait gêné, ne levant pas les yeux de mon contrat.

— Tu n'as quand même pas pensé que Franck et moi... il ne me laissa pas poursuivre.

— Ça m'a traversé l'esprit.

Je le regardai tendrement, amusée par sa réaction.

Il se leva pour prendre la bouteille de Tequila.

— À ton contrat! me dit-il amoureusement.

— Et surtout au diable Hector.

Nous passions une bonne soirée, oubliant les tracas de ces derniers temps.

C'était un nouveau départ qui s'offrait à nous et je m'enthousiasmais.

Le repas terminé, nous achevions la Tequila.

Rires et complicité étaient à l'honneur ce soir-là.

Toni me fit comprendre son envie d'aller se coucher.

Je m'allongeai à ses côtés en attendant ses faveurs.

Ayant abusé de l'alcool en même temps que mon traitement antibiotique, je dus me relever. Le lit tanguait et la pièce tournait autour de moi.

J'étais ivre et Toni se moquait de moi.

— Fixe un point au loin pour t'endormir, me conseilla-t-il taquin.

Il n'y eut aucun moment romantique cette nuit-là. J'eus l'impression de m'endormir sur un radeau en plein milieu d'un océan déchaîné.

Au matin, je m'éveillais avec une migraine atroce. J'arrivais à percevoir mes pulsations cardiaques derrière mes tempes.

La douleur dirigée à l'arrière du crâne m'indiquait une déshydratation.

Je me traînais vers la cuisine pour me servir un café accompagné de deux aspirines.

La lumière du soleil filtrant par la fenêtre m'éblouissait et je tirais le rideau.

Toni se leva un peu après moi.

— Tu m'as laissé en plan, hier soir, me culpabilisa-t-il en blaguant.

Il s'approcha pour m'embrasser.

— J'ai mal de tête, lui signalai-je timidement, posant mon front sur sa poitrine.

Il se mit à rire.

— Quand on ne sait pas boire, on ne boit pas.

Il releva mon menton pour m'embrasser.

— J'ai le remède parfait pour ça, ajouta-t-il sensuellement.

Il me souleva pour m'asseoir sur le plan de travail de la cuisine.

J'ôtai ma nuisette.

Je le sentis s'émoustiller au contact de mon corps nu sous ses doigts.

Sa verge durcie d'excitation m'empala brutalement. Les secousses ressenties commencèrent à me rendre nauséeuse.

— Va plus fort, l'encourageai-je, dans le but qu'il finisse plus vite.

Mon estomac supportait très mal ses à coups de plus en plus fermes.

Je le repoussai subitement et courus en direction des toilettes.

Je vomissais une partie du repas de la veille, maudissant la Tequila.

Dans l'impossibilité de me relever, je restai la tête posée dans le creux de mon avant-bras au-dessus des WC.

Sa main se posa sur mon épaule.

— Ça va aller, tu veux que je reste? me demanda-t-il, me tendant un verre d'eau.

Je lui répondis négativement d'un signe de la tête.

Il devait aller travailler, surtout avec Miguel qui n'avait toujours pas repris le boulot.

Pour ma part, je resterais à la maison, me sentant incapable de m'éloigner des toilettes.

Après avoir passé la matinée allongée sur le canapé, mon état s'améliora un peu.

Pas au point de pouvoir cuisiner, mais me sentant la force de rendre visite à Santina, et par la même occasion, lui administrer son injection.

Je me préparais et vérifiais avoir le matériel nécessaire dans mon sac à main.

Je gardais toujours un flacon d'insuline de réserve sur moi, ne sachant jamais l'heure exacte de mon passage chez elle.

J'allais sortir quand mon téléphone retentit.

C'était Franck.

— Comment te sens-tu? me demanda-t-il.

Ce n'était pas le jour à poser la question, pensai-je, omettant de lui parler de la soirée arrosée de la veille.

— Un problème avec mon contrat? le questionnai-je apeurée.

Il répondit négativement.

— Tu devrais passer faire une prise de sang me conseil-la-t-il d'un ton calme.

— Il y a un souci avec mes urines?

Il était bien trop tôt pour lui avoir reçu une culture et un antibiogramme. Bien qu'il se pouvait que leurs techniques soit différentes des nôtres, il n'empêchât que le délai d'analyse restait identique.

— Tu es enceinte, m'annonça-t-il.

Je restais statique, abasourdie par son annonce. Mon esprit recoupait les symptômes, auxquels se rajoutaient les nausées et vomissements du jour.

Franck continuait à parler mais je ne l'écoutais plus.

Je regardai mon ventre comme si je m'attendais à ce qu'il confirme son diagnostic.

— Tu passeras? me demandait-il pour clôturer.

Je confirmai et raccrochai.

Je m'assis un instant, digérant l'information.

Même si j'anticipais sa réaction, ma première intention était d'avertir Toni.

Après tout, même si ce n'était pas sa volonté, je ne l'avais pas fait toute seule.

J'essayais de positiver, mon contrat et un bébé avec le seul homme que j'aimais. Il pouvait en découler une suite heureuse pour nous.

J'avais l'intention de voir Toni avant d'aller chez sa grand-mère.

Occupé avec un client, la tête plongée sous le capot d'une Chevrolet noire, je me résignais.

Cela attendra mon retour, pensai-je.

J'eus un pincement au cœur de ne pas pouvoir, dans un premier temps, l'annoncer à Maria.

C'était totalement déplacé de lui faire part de mon bonheur face à l'épreuve qu'elle endurait.

J'arrivais chez Santina.

L'embrassant pour la saluer, elle me fixa bizarrement.

Elle déposa sa main sur mon ventre, me souriant.

Je la regardai interrogative.

— Toni est au courant? me demanda-t-elle au bord des larmes.

— Pas encore, je viens de l'apprendre. Mais comment...

— Les grands-mères savent ces choses-là, soutint-elle.

Elle semblait heureuse, après tout, elle m'avait confié sa peur de ne connaître ses arrières petits enfants lors de notre première rencontre.

Sur le trajet de retour, j'espérais que la réaction de Toni soit un tant soit peu similaire.

J'arrivais à l'intersection de ma rue, quand des hurlements me firent ralentir.

Une altercation avait lieu non loin de mon domicile et je cherchais des yeux la provenance des cris.

J'arrivais à proximité de chez moi.

Au milieu de la rue gisaient deux hommes, vêtus comme les jeunes gens qu'il m'arrivait de croiser assez régulièrement ces derniers temps.

Me mettant à courir pour leur venir en aide, mon regard se posa sur Toni.

Du sang lui dégoulinait du front jusqu'à la joue.

Il avait ce regard déconnecté qu'il arborait quand il ne maîtrisait plus la rage qui l'habitait.

Celui-là même qui me terrifiait tant.

Attrapant une serviette pour empêcher le sang d'envahir son œil, je criai à Fernando.

— Appelle une ambulance!

Arrivant de l'arrière du garage, il n'avait pas dû assister à la scène.

Je nettoyai le visage de Toni, me rendant compte de son arcade sourcilière était ouverte.

— Il te faudra des points de suture, comprime la plaie, lui demandai-je en guidant sa main.

Il n'avait toujours pas repris ses esprits.

J'abandonnai Toni un instant pour analyser l'état des deux hommes étendus au sol.

L'un des deux avait une fracture ouverte au bras droit mais était conscient malgré la douleur.

L'autre, inconscient, le visage oedématié par les coups, me laissait à penser à d'une commotion cérébrale.

L'ambulance ne tarda pas à arriver, suivie de près par la police.

Je lançais un regard interrogatif à Fernando. Qui avait pu les appeler? Probablement le voisinage, alerté par les cris, pensai-je.

Mes collègues emmenèrent les deux blessés, le premier pris place assise, maintenant son bras en écharpe, le visage déformé par la douleur; tandis que le deuxième, toujours inconscient, se retrouvait allongé sur une civière.

M'attendant à une longue après-midi de déposition au commissariat, je revins vers Toni.

Les policiers l'avaient contraint à se positionner à genoux, les mains derrière le crâne.

Je m'approchais davantage.

— C'est de la légitime défense! leur signalai-je, insistant sur les coups qu'avait reçu Toni.

L'un des policiers me maintenait à l'écart, l'autre lui passait les menottes.

Toni ne se rebellait pas, probablement encore en état de choc.

Je tentai d'interroger les policiers sur leur manœuvre excessive mais ils nièrent mes questions.

Je fus prise de vertiges à la vue de cette scène. Mon cœur s'emballa et une sensation d'étouffement m'oppressa.

Titubant, je me mis à chercher un endroit pour m'asseoir.

Mes jambes se mirent à flageoler et je ne tardais pas à m'écrouler au sol.

Me sentant soulevée pour être emmenée à mon tour sur une civière, à demi consciente, j'entendis.

— Elle perd du sang. Signala l'un des deux ambulanciers à son collègue.

Une voix d'homme se pencha sur moi me demandant.

— Vous êtes enceinte Madame?

Je perdis à nouveau connaissance.

6

L'avarice

«Celui qui refuse de se séparer de ses biens»

Je me réveillai allongée dans un lit d'hôpital, tiraillée par des douleurs abdominales. J'essayais de palper mon ventre, mais une perfusion branchée dans mon avant-bras restreignait l'ampleur de mes mouvements.

Repensant à ce qui m'avait conduit ici, je tentais désespérément de me relever. Il fallait que j'aille retrouver Toni.

Franck entra à ce moment-là.

— Ça va? me questionna-t-il, l'air soucieux.

Ma tête était lourde et encore empreinte de vertiges, je m'écroulais à chaque tentative de redressement.

— Tu devrais rester couchée, on t'a donné un sédatif, me conseilla-t-il, compatissant.

— Mon bébé? hoquetai-je craintivement, me rappelant la perte de sang signalée par l'ambulancier.

— Il va bien. On a dû pratiquer une ponction amniotique, m'expliqua-t-il.

Je restais pendue à ses lèvres, angoissée de ce qu'il allait encore m'annoncer.

Son biper n'arrêtait pas de sonner et il ne prenait même pas la peine de le regarder.

— Tu as fait un décollement placentaire sur un centimètre.

J'arrachais ma perfusion, essayant de canaliser mes forces pour me lever.

— Il faut que je parte, insistai-je à nouveau.

Il me tendit un pansement pour colmater la fuite de sang consécutive à l'enlèvement de mon cathéter.

Franck me regardait dépité, se rendant compte que je n'étais plus disposée à l'écouter.

Je connaissais les risques. Je pouvais perdre mon bébé à tout instant.

Mais Toni avait besoin de moi, et je ne pouvais me résoudre à rester ici.

— Je vais te ramener, me proposa-t-il amicalement.

Arrivant à la maison, un attroupement devant le garage me confirma l'absence de Toni.

L'inquiétude se lisait sur leurs visages.

En plus des têtes habituelles, je reconnus Emilio.

J'eus un grand soulagement de voir mon amie, venue me réconforter, accompagnée de Miguel, se déplaçant en béquille.

Je fonçai les interroger.

— Tu ne devrais pas te mêler de ça, grogna Fernando.

Cela faisait des mois que je vivais conjointement avec cet homme qui de surcroît était le père de mon enfant.

Je me mis en colère.

Il était hors de question qu'on me tienne à l'écart une fois de plus.

Emilio s'avança vers moi pour me calmer.

— Toni l'avait prévu, on va s'occuper de toi, me dit-il d'un ton serein.

N'ayant pas trouvé d'oreille attentive à mes attentes, je me tournai vers Maria.

— Tu veux bien me conduire au commissariat? la suppliai-je.

En dépit des conseils de son frère et d'Emilio, elle accepta.

Sur le trajet, je l'interrogeais.

— Ça veut dire quoi «Toni l'avait prévu»?

Elle resta silencieuse, saisissant ma main, le regard empli de tristesse.

Je tremblai, il fallait que je me calme sous peine de refaire un malaise.

Je me sentais faible sur mes jambes, l'effet du sédatif ne s'était pas encore totalement dissipé.

Nous arrivions. Ayant déjà arpenté ses horribles couloirs, nous nous dirigeâmes vers l'accueil.

Maria ne put me suivre. Je lui lançai un regard anxieux.

On m'indiquait un bureau situé au fond d'un corridor plus sombre.

Je fus reçue par un homme d'âge mûr se tenant debout derrière un grand bureau en bois clair.

Une énorme moustache accentuait la sévérité de son visage.

Il devait bien avoir une soixantaine d'années mais seulement quelques cheveux blancs parsemaient ses cheveux noirs gominés.

Hector était présent, je ne fus pas étonnée, son père étant gradé dans la police.

Il m'invita à m'asseoir.

L'homme fit de même, face à moi.

— Nous sommes heureux de votre visite, docteur, vous nous éviterez un déplacement.

Je m'empressai de l'interroger sur l'interpellation de Toni.

— Monsieur Rivera sera entendu par un juge d'ici peu, mais inquiétez-vous plutôt pour vous, me répondit-il d'un ton grinçant.

Ne comprenant pas où il voulait en venir, je le laissai continuer.

— Plusieurs témoins de l'incident de cet après-midi nous ont fait part d'un grave manquement de jugement vis-à-vis de votre devoir professionnel.

Je le regardai, étonnée de ses propos et silencieuse.

Il poursuivit.

— Vous vous êtes précipitée en premier lieu pour secourir le seul intervenant qui tenait debout, en l'occurrence monsieur Rivera, alors que deux autres victimes gisaient au sol. Vous avez manqué de discernement face à la situation.

Ne sachant que répondre à ses accusations, je le laissais continuer son monologue.

Il enchaîna.

— Vous comprendrez dès lors votre mise à pied immédiate ainsi que la restitution des biens mis à votre disposition par notre gouvernement dans un délai de sept jours.

Un sourire satisfait se dessinait sur le visage d'Hector et je dus me retenir de lui sauter à la gorge.

Je demandais à voir Toni. Le fait de ne pas me soucier de leur discours semblait les agacer.

— Seules les visites conjugales sont autorisées, me répondit-il sèchement.

— Et dans le cas d'une filiation?

Il fut surpris par ma question. Je portais son enfant, j'entendais bien faire valoir mes droits.

Il eut presque l'air compatissant quand il m'annonça.

— Comme nous avons à faire à un cas de récidive et vu le temps que monsieur Rivera passera au sein de nos murs, nous allons voir ce que nous pouvons faire.

Il se leva pour m'indiquer la sortie. Abasourdie par ses révélations, je sortais sans dire mot.

Je rejoignais Maria, restant silencieuse jusqu'à la voiture.

Sur le point de mettre le contact, je l'arrêtai.

— Récidive? m'exclamai-je.

Il était temps qu'elle m'informe sur ce que j'ignorais encore sur l'homme que j'aimais.

— Une bagarre qui a mal tourné il y a dix ans, il en a pris pour deux ans.

Le calcul était facile, cette fois il resterait enfermé plus longtemps.

— On voulait t'éviter ça, ajouta-t-elle.

J'essayais de relativiser.

— Hector était présent.

J'ouvrais la vitre pour respirer, ma gorge me serrait.

— C'était à prévoir, lança-t-elle en démarrant la voiture.

— Tu penses qu'il aurait...

— C'est certain! me coupa-t-elle en soupirant.

Un coup monté d'Hector restait le plus plausible de toutes mes déductions.

Reprenant la route, elle poursuivit.

— Laisse Toni régler ça, continue de travailler et Emilio veillera sur toi.

J'allais avoir beaucoup de difficulté à suivre son conseil et je me sentais gênée.

— Ils m'ont viré, lui avouai-je honteuse.

Maria donna un coup de frein et il s'en fallut de peu que la voiture derrière nous emboutisse. Je fermai les yeux au grincement de ses roues sur le macadam.

— Quoi? hurla-t-elle furieuse.

— Ils me laissent une semaine pour déménager, ajoutai-je peinée.

Nous bloquions la circulation et Maria redémarra.

Elle me proposait de m'héberger mais je déclinais poliment son offre.

Je me débrouillerais.

Après tout, j'avais toujours un emploi disponible à l'hôpital, ce qui prolongerait mon permis de séjour.

Sur le chemin du retour, je demandais à Maria de me déposer chez Santina. Il fallait que je la prévienne et rien que cette pensée me hantait.

Je passais la porte d'entrée calmement dans l'optique de la préserver un maximum.

Elle vit tout de suite que quelque chose n'allait pas.

Je fondis en larmes dans ses bras.

J'éclatai en sanglots, si fort que mon souffle en était coupé.

— Calme-toi, ce n'est pas bon pour le bébé, me conseilla-t-elle.

Mes mots s'entrecoupaient entre deux inspirations forcées.

— Je sais, Fernando est passé, murmura-t-elle en caressant mes cheveux.

Essayant de dompter ma respiration, je restais blottie contre elle.

— Ça s'est passé beaucoup trop vite, il aurait dû te le dire plus tôt, me confia-t-elle à nouveau.

La sentant sur le point de m'avouer certaines choses, j'eus envie de fuir la discussion. Je n'étais pas sûre de pouvoir faire face à d'autres confessions pour le moment.

Elle se dirigea vers la cuisine, se mettant en tête de me préparer un thé.

— Le café n'est pas bon dans ton état.

N'osant lui signaler que la caféine et la théine étaient toutes les deux déconseillées, je la laissai faire.

Je me calmais, absorbée par les vapeurs du thé brûlant sous mon nez.

— Il savait pertinemment qu'Hector n'aurait jamais laissé une telle chose se produire, commença-t-elle en s'installant dans son fauteuil.

— On aurait jamais dû, soupirai-je.

Mes yeux s'emplirent à nouveau de larmes, je prenais conscience de ma responsabilité face à ce qu'il se passait.

Je terminais mon thé, me sentant vidée de toute énergie, je lui demandai de passer la nuit chez elle.

— Il aurait voulu que tu t'installes ici, me confia-t-elle.

Prise entre le fait de ne pas vouloir rester seule et celui de m'imposer, j'acceptai.

Je m'allongeai sur le lit sans prendre la peine de me dévêtir.

Je pleurais tellement que mon oreiller s'imbibait. Je dus le retourner plusieurs fois pour le sécher.

Je me sentais prête à beaucoup de sacrifices pour le garder à mes côtés, mais il ne m'avait pas appris à me passer de lui.

Quand deux êtres s'unissent si intensément, même la mort ne vous effraie plus. Je me sentais vulnérable. On m'avait arraché une partie de mon âme.

Je m'endormais sur cette pensée étreignant son oreiller contre moi.

La nuit fut courte et non réparatrice. M'étant éveillée plusieurs fois et le cherchant du bout des doigts dans ce grand lit vide, je devais à chaque fois me rendre à l'évidence que je ne cauchemardais pas.

Je me levais encore assommée de la veille. Entre nausée et migraine, mon corps souffrait.

Santina était déjà levée. Nous prîmes un café ensemble malgré sa désapprobation.

Il me fallait très vite me reprendre. Garder la tête froide m'était nécessaire pour trouver une solution.

Je remontai ranger sa chambre en prévision d'y ramener les miennes.

Je triturais mon cerveau. Il m'était inconcevable de rester les bras croisés.

Réfléchis, réfléchis, me répétai-je sans cesse.

Qu'aurais-je fait seule, dans telle situation, dans mon pays.

Un avocat me parut une excellente initiative.

Je prenais un rendez-vous avec le plus onéreux de la région. Vu le prix qu'il demandait, il n'était pas très sollicité et proposa de me recevoir le jour même.

Je m'éclipsais l'après-midi pour louer une voiture et m'y rendre par la même occasion. Je prétextais à Santina la reprise de mes affaires à mon domicile.

Ne voulant pas lui créer de faux espoirs, je préférais la maintenir à l'écart.

J'arrivai au bureau de l'avocat. Sa secrétaire me fit patienter un instant seule dans son bureau. Les murs couverts de diplômes encadrés et la décoration épurée me réconfortaient un peu sur le genre d'individu que j'allais rencontrer.

Un jeune homme entra d'un pas motivé. Je l'analysai sous toutes les coutures. Il était très mince, assez grand et portait un costume fait sur mesure par un couturier.

Il m'écouta attentivement. Je lui expliquai tout, depuis la drogue dans mon verre, jusqu'à l'interpellation de Toni.

Quand j'eus terminé il me confia que pour les visites conjugales, il pouvait s'en charger, mais qu'il émettait une certaine retenue concernant un allègement de peine quelconque.

— À quoi servent vos diplômes, alors?

Je décidai de froisser son ego, dans le but de le faire réagir mais il resta stoïque, les bras croisés.

— Je ne peux rien vous promettre de plus, conclut-il notre entrevue.

Je sortais de son bureau assez déçue de ma démarche quand mon regard croisa celui d'Hector. Appuyé contre le bureau de la secrétaire, il attendait que je sorte pour entrer.

À leur manière familière de se saluer, je compris que je ne devais rien attendre de cet avocat. Je lui lançai un regard de mépris avant de prendre congé.

Il m'était difficile d'admettre qu'avec ma profession, mon diplôme et mes connaissances, je me retrouvais dans une situation qui me dépassait totalement.

Comment pouvais-je me sentir si démunie face à un problème?

Je n'avais jamais ressenti une telle chose auparavant.

Il était clair que dans mon pays, mon titre et mon compte bancaire

résolvaient toutes les difficultés qui se présentaient.

J'eus un remords à cette pensée. Toni n'avait pas tort en me décrivant au début de notre rencontre.

Mais moi non plus, une idée venait de germer dans mon esprit.

Je fis demi-tour et pris la direction de l'hôpital.

Même à sept mille kilomètres de chez moi, il n'y avait rien que l'argent ne puisse acheter. Cette pensée me rendait euphorique.

Arrivant à l'hôpital, j'allais voir Franck.

— Ne t'avais-je pas conseillé un repos complet?

Surpris par ma visite, il semblait presque paternel avec moi.

J'acquiesçai timidement.

— D'ici deux semaines quand l'hématome se sera résorbé, on pourra envisager ta reprise au travail, me réconforta-t-il.

N'étant pas la raison de ma visite, je le redirigeai.

— Les hommes blessés lors de l'altercation sont toujours hospitalisés? me renseignai-je auprès de lui.

Il fronça les sourcils. Sachant qu'il essayerait de m'en dissuader, je lui conseillais de ne pas se mettre en travers de ma route.

— Si c'était ta femme, ne ferais-tu pas tout ce qui est en ton pouvoir?

Il consulta les dossiers.

Le premier, souffrant d'une commotion cérébrale, avait déjà quitté l'hôpital depuis un moment.

Par contre, le deuxième avait dû subir une chirurgie réparatrice de l'avant-bras et était toujours présent dans l'établissement.

— Le numéro de chambre s'il te plaît.

Je trépignai tandis que Franck ne manquait pas de réitérer sa désapprobation.

Je le fixai, déterminée.

— 342, soupira-t-il.

La porte de la chambre était ouverte à mon arrivée. Seul dans sa chambre, il somnolait.

J'entrai, refermant derrière moi.

Je m'assis sur le bord du lit. Voulant qu'il reprenne conscience, je coupais la pompe à morphine.

Sur l'instant, qu'il souffre fut le cadet de mes soucis.

Il ne tarda pas à ouvrir les yeux, endolori par le manque de calmants.

— Tu sais qui je suis. Affirmai-je sèchement.

Il détourna les yeux. Il savait.

— Regarde-moi! insistai-je en appuyant sur les broches dépassant d'un tuteur externe fixé à son bras.

Il laissa échapper un gémissement plaintif.

— Tu veux quoi? grinça-t-il.

— Voir celui qui a commandité tes actes, dis-lui que l'argent n'est pas un problème pour moi.

— Tu rêves salope! grogna-t-il.

— Si tu ne transmets pas mon message, je m'arrangerai pour enlever moi-même tes broches.

Je quittais la pièce, oubliant de remettre en route la pompe censée le soulager. J'étais satisfaite.

Quelques jours passèrent et j'évitais de m'absenter trop souvent du domicile de Toni.

Je perdais peu à peu la certitude que j'avais en quittant l'hôpital.

Il n'avait pas transmis mon message et j'attendais une visite qui n'aurait jamais lieu.

Je tournais en rond, devant camoufler mon anxiété à Santina.

Nous venions de terminer de dîner quand j'entendis une voiture s'arrêter bruyamment devant la maison.

Un coup d'œil par la fenêtre me fit entrevoir cinq hommes descendre d'une Chevrolet noire blinquante.

Je me précipitai le cœur battant.

L'un d'entre eux s'appuya le dos contre la voiture. Un bandana rouge lui cachait la moitié des yeux. Très basané, certainement plus jeune que Toni mais plus âgé que moi, il me dévisageait.

Son jeans lui descendait sous les hanches, laissant visible son caleçon noir.

Il ôta ses lunettes de soleil.

— Tu voulais me voir? ricana le premier, suivi par ses amis.

Je m'avançai, guidée par l'adrénaline.

— Combien pour lever ta plainte?

Il se mit à rire à plein poumon. Il fit signe aux autres de remonter dans la voiture.

Sur le point de partir, je tentai à nouveau.

— Peut-être aurais-je dû m'adresser à Hector et pas à un de ses larbins.

Il se retourna, humilié.

— Tu offres quoi? me lança-t-il intéressé.

Je restai silencieuse, le laissant dominer la discussion.

— Tu peux toujours essayer de me payer avec ton cul, cracha-t-il, touchant son sexe à travers son jeans.

Je m'approchai sensuellement de lui, lui glissant à l'oreille.

— Je parlerai de ta proposition à Toni, il devrait apprécier.

Je tournai les talons, laissant s'échapper un soupir. Je n'en revenais pas de ce que je venais de faire.

Morte de trouille et au bord de la crise cardiaque, j'avançais sans me retourner.

— Cinquante mille dollars américains, s'écria-t-il, me forçant à me retourner.

— Repasse demain, maugréai-je, dédaigneuse.

Je me présentai à la banque pour un échange de devise le jour même, pressée que cette situation prenne fin.

Il passa le lendemain matin, comme prévu.

Il m'était impossible d'avoir confiance en cette transaction, mais je n'avais d'autre choix.

— Dis à Toni que ce sera fait aujourd'hui, me signala-t-il en partant avec mon argent.

Je passais le reste de la journée à attendre un quelconque signe de leur bonne foi.

Quand le téléphone retentit, je savais. Ma présence était souhaitée au commissariat. Je laissais échapper un soupir de soulagement.

Le cœur empli d'excitation, je m'encourais. Presque trois semaines sans lui me paraissaient une éternité.

Essayant de rester calme malgré la joie qui devait se lire sur mon visage, je les écoutais.

— Nous avons une bonne nouvelle pour vous, les visites conjugales vous sont accordées, dès demain et à fréquence mensuelle, déclara le père d'Hector, semblant lire un texte préétabli.

Je restai figée de stupeur.

— La plainte n'est-elle pas levée? balbutiai-je.

Il me fixa. Attrapant un épais dossier cartonné jaune sur le coin de son bureau, il me sourit.

Il l'ouvrit méticuleusement, étalant plusieurs photos sous mes yeux.

M'indiquant la première il m'interrogea.

— Ce tatouage ne doit pas vous être inconnu, madame.

Effectivement, je reconnus le tatouage de Toni mais ne voyant pas où il voulait en venir, je le laissais poursuivre.

— Vous voyez, le serpent en cercle dévorant sa queue camouflé à l'intérieur des autres motifs.

J'acquiesçai.

— Je ne comprends pas que cette photo puisse avoir un rapport quelconque avec sa libération, l'agressai-je.

— Je vais y venir. Hector! Sers donc un verre d'eau au docteur.

Il s'exécuta.

Je regardai le verre avec dégoût sans y toucher.

— Il s'agit d'une marque d'appartenance à un gang local. Leur devise, «On rentre par le sang, on sort par le sang».

Il me tendit une seconde photo, représentant un jeune homme.

Le cliché avait dû être pris en prison car il portait un numéro.

— Connaissez-vous cet homme?

Je répondais négativement.

— Il s'agit d'Armando Chavez. Petit trafiquant de drogue et informateur d'un gang adverse. Et le voici à nouveau, retrouvé il y a quelques semaines. Positionnant la dernière photo superposée aux autres.

J'apercevais le corps sans vie de cet homme, étendu dans une ruelle. Le cliché avait beau être en noir et blanc, le sang formant une tache sombre le recouvrait presque totalement.

— Nous avons retrouvé l'arme du crime dans le bureau de votre ami, ajouta-t-il sans me ménager.

Je me couvris la bouche.

Même si j'essayais de me convaincre que leur discours n'était qu'affabulation, je revoyais le T-shirt rempli de sang que j'avais retrouvé dans la poubelle.

— Vous devriez mieux choisir vos fréquentations, madame, conclut-il, satisfait.

Je me dirigeai vers l'accueil sans aucune motivation. Je reçus les modalités pour la visite prévue le lendemain.

Comment et pourquoi avait-il pu faire une telle chose? Je ne comprenais pas.

J'avais besoin de réponses et si possible avant de me présenter devant lui demain.

Je m'asseyais dans la voiture, réfléchissant.

Emilio pouvait m'aider à y voir plus clair, mais comment prendre contact avec lui? me demandai-je.

J'appelais Maria.

Lui expliquant vaguement la visite du lendemain et omettant la seconde partie, je lui posais la question.

— Tu devrais demander ça à mon frère, me conseilla-t-elle.

C'était réellement les seules paroles que je ne voulais pas entendre.

Mes relations étaient toujours tendues avec Fernando depuis Gozalandia et j'anticipais sa réaction.

Je pris le chemin du garage avant de rentrer. Je roulais lentement, absorbée par mes pensées et freinée par l'envie de faire demi-tour.

Une voiture klaxonna me rappelant à la raison.

J'arrivais.

Un coup d'œil nostalgique sur ce qui fut ma maison me fit hésiter.

Fernando était seul et il faisait calme.

L'ambiance était bien différente sans Toni. Je souris, repensant aux engueulades qu'on percevait à tout bout de champ lorsqu'il était de mauvaise humeur.

Je m'approchais du frère de Maria.

— Salut, tu pourrais s'il te plaît m'indiquer comment prendre contact avec Emilio ?

Il leva les yeux un instant avant de se replonger dans son travail.

— Je lui dirai, me répondit-il sèchement.

Je le remerciai, me détournant.

— Attends! s'écria-t-il.

Il s'approcha de moi me tendant un paquet.

— Arrange toi pour donner ça à Toni quand tu le verras, s'exclama-t-il.

Je lui pris timidement des mains sans oser l'ouvrir.

— Tu es médecin, l'anatomie ne doit pas avoir de secret pour toi, débrouille-toi.

Qu'insinuait-il? Il attisa ma curiosité.

Ouvrant l'emballage, je pris conscience qu'il m'avait remis de l'argent et du crack.

Je lui rendais furieuse.

— Hors de question! lui balançai-je hystérique.

— C'est de ta faute s'il se retrouve là-bas, alors garde tes principes pour toi.

Me jetant à nouveau le paquet, il retourna travailler.

Tout le trajet vers la maison de Santina je le fixai, posé sur le siège passager.

Il m'était impossible de lui remettre. Être actrice d'un vice était une chose mais l'entretenir était au-dessus de mes forces.

Et puis, comment le faire passer? Ses sous-entendus d'anatomie m'effrayaient.

De retour chez Santina, je le cachai sous mon pull pour le monter dans la chambre de Toni.

J'étais certaine de porter la culpabilité sur mon visage lorsque je passais sous les yeux de sa grand-mère.

Je soulevais son matelas pour l'y glisser dessous, quand elle m'appela. Je sursautai.

Emilio se trouvait dans l'entrée.

Le saluant, je l'emmenais à l'extérieur pour discuter.

— Comment vas-tu? s'inquiéta-t-il amicalement.

J'éludais sa question, entrant directement dans le vif du sujet.

Il avait beau être gentil au premier abord, il n'en avait pas l'air moins terrifiant pour autant.

Je lui expliquai la visite de ce matin au commissariat et les photos que j'avais encore du mal à chasser de mon esprit.

Il m'écoutait attentivement.

Je m'attendais à ce qu'il nie ces accusations. J'espérais une affirmation contraire aux propos divulgués.

Ce ne fut pas le cas.

Après un temps de silence considérable séparant mon discours d'une éventuelle réponse, il posa sa main sur mon épaule.

— Écoute, commença-t-il. Je connais Toni depuis des années. Il a fait ce qu'il devait faire pour te protéger et se protéger.

Il me proposa de marcher un peu et continua.

— Il savait depuis le départ de votre relation où ça le conduirait, et derrière ces murs il a aussi besoin de nous.

Mon téléphone sonna. C'était Franck. Je le déviais vers ma messagerie, laissant Emilio terminer.

— Te savoir en sécurité a été sa priorité, déclara-t-il pour conclure.

Le remerciant, je pris congé.

Je ne savais quoi en penser mais au fond de mon cœur je savais que les accusations du père d'Hector étaient fondées.

Je rappelais Franck sur le chemin du retour.

Je m'excusais de la déviation, prétextant de la visite.

— J'ai reçu le résultat de l'amniocentèse, m'annonça-t-il.

— Vas-y, l'encourageai-je, curieuse.

— Le caryotype est normal.

J'étais soulagée mais une question me brûlait les lèvres.

— Tu veux savoir? me demanda-t-il, brisant mon silence.

— Oui.

Je posai la main sur mon ventre, attendant sa réponse.

— XX

Je souris, effaçant pour un moment toutes les pensées négatives qui me hantaient. Nous allions avoir une fille.

Sur le point de raccrocher, je changeais de sujet.

— Peux-tu me donner le protocole de traitement administré en prison en cas de manque de crack?

— Ici, aucun!

Reconnaissante de son appel, je raccrochai.

De retour chez Santina, je la trouvai dans son fauteuil, devant le poste de télévision.

— Pourrais-je t'emprunter du matériel de couture? lui demandai-je poliment.

— Un souci? s'inquiéta-t-elle, se relevant pour me le donner.

— Mon pantalon me serre un peu, riais-je en lui montrant mon ventre.

Je montais à l'étage chargée du nécessaire.

J'étalais les sachets de drogue un à un sous le matelas pour les aplatir un maximum.

Sans un traitement adéquat à un syndrome de manque, il pouvait ressentir d'horribles symptômes.

Je préférais envisager une prise en charge à sa sortie que le savoir seul en souffrance.

Décousant les mailles de la doublure de mon soutien-gorge, je réfléchissais.

Partagée entre l'envie de le serrer contre moi après tout ce temps passé sans lui et mes interrogations face à ses agissements, je me sentais perdue.

Pouvais-je encore accorder ma confiance à un meurtrier?

Je glissais les sachets aplatis entre les deux couches de tissus avant de le refermer en surjet.

Santina lui avait préparé un sac avec quelques denrées alimentaires et du nécessaire de toilette. J'y déposais l'argent remis par Fernando.

Je fixais le sac, me demandant si j'aurais le courage d'y aller ou si tous ces préparatifs n'étaient qu'une perte de temps.

Santina saisit ma main.

— Tu dois écouter ton cœur et être franche avec lui, me conseilla-t-elle, ressentant mon malaise.

La nuit fut compliquée. Je mis très longtemps à m'endormir et n'atteignis jamais un sommeil profond.

Le matin arriva enfin et je pris le chemin du pénitencier.

Toni se trouvait à Oso Blanco, situé à une vingtaine de minutes de route de chez nous.

Une énorme bâtisse blanche, fidèle au nom qu'elle portait se dressait devant moi.

Des sentiers parsemaient une architecture carrée, ouverte en son centre.

Une construction semblant assez récente d'un premier abord.

Il faisait chaud et l'atmosphère me paraissait pesante.

La porte d'entrée en verre s'ouvrait à partir d'une sur-structure proéminente au bâtiment principal. Un coin de verdure l'entourait grossièrement.

Je passais le premier portique de sécurité sans soucis.

Un garde situé à l'arrière repassa une sonde autour de mon corps à la recherche d'éventuels objets métalliques.

Mon sac fut vidé et fouillé.

Je me rendais enfin vers l'accueil pour être redirigée.

On m'emmena dans une pièce glauque, sans fenêtre et assez restreinte.

Une petite table carrée assemblant acier et bois se dressait au centre de la pièce. De part et d'autre, deux chaises métalliques se faisaient face.

Un lit d'une personne se collait contre le mur adverse. Une horloge surplombant la salle émettait un léger grincement horripilant à chaque tour de la trotteuse.

Je fixai le lit. Sachant que ces visites servaient de moyen pour garder les détenus dociles et obéissants, j'éprouvais une certaine gêne.

Le sexe en guise de récompense dont la femme devenait l'objet.

La porte s'ouvrit, Toni entra après que l'un des deux gardiens qui l'accompagnaient ait enlevé ses menottes.

Il avait perdu un peu de poids et ses traits étaient tirés. Des cernes se dessinaient sous ses yeux qui me fixaient timidement.

Il s'approcha de moi et je déballais le sac de Santina sur la table.

Mes mains tremblaient et je ne trouvais pas la force de le regarder.

Il attrapa une de mes mains et me pris dans ses bras.

— Je suis désolé, me murmura-t-il.

Je l'embrassai. Savourant le goût de ses lèvres m'ayant tant manqué.

Je le laissai me dévorer sentant sa langue caresser ma bouche.

Il me tira vers le lit, m'asseyant sur lui.

Ne pouvant m'arrêter de l'embrasser je dus marquer une pause pour reprendre mon souffle, mon visage enfui dans son cou.

Je souriais. Tant de choses à se dire et nous laissions nos besoins primaires prendre le dessus.

Je pris ses mains pour les glisser sous mon pull.

— Pas ici, me surprit-il, me montrant la caméra dans un coin de la pièce qui m'avait échappé.

— Tu devrais le garder, insistai-je, le laissant deviner ce qu'il contenait.

Il s'exécuta, lançant mon soutien-gorge dans le sac de Santina.

Toujours en crise de conscience, je soupirai.

— Ça me procurera des avantages ici, me rassura-t-il.

— Dis-moi que tu n'en prendras pas, le suppliai-je.

Il resta silencieux un moment. Relevant mon regard vers le sien, il saisit ma nuque.

— Ne m'oblige pas à te faire une promesse que je ne tiendrai pas, m'avoua-t-il.

Je sentis sa bouche glisser dans mon cou. Ma poitrine dénudée se frottait contre lui sur les mailles de mon pull.

Mon désir montait malgré la honte de l'endroit où nous nous trouvions.

Il me caressa, me sentant prête à le recevoir. Je lisais l'excitation sur son visage.

Le caressant, je sortais son sexe et le plaçais en moi sans me dévêtir.

Me sentant gênée à l'idée que quelqu'un puisse nous regarder je rougissais. Il abrégea vite mon humiliation.

Je restais blottie contre lui, posée sur son épaule, laissant ses doigts démêler mes cheveux.

— Je sais ce que tu as fait, murmurai-je doucement.

— Je sais que tu sais, enchaîna-t-il.

Bercée par les mouvements thoraciques de sa respiration, je la sentais ralentir.

Il semblait inquiet. Je l'étreignais.

— Je t'aime, soupirai-je.

J'attendais le moment propice de lui parler de notre fille. Je cherchais mes mots, anticipant sa réaction.

Il stoppa ses caresses, me repoussant.

— Je veux que tu rentres chez toi, m'exigea-t-il subitement.

Je n'avais plus de chez-moi, peut-être ignorait-il que j'avais emménagé chez sa grand-mère?

Ne voulant pas l'inquiéter davantage, nous n'en avions pas parlé.

Je regardais l'horloge.

— Il reste dix minutes, lui signalai-je en espérant me remettre dans ses bras.

Il se leva, hochant la tête.

— Dans ton pays, précisa-t-il.

Je le fixai, blasée par ce discourt que j'avais si souvent entendu.

Je refusai, me dressant contre lui.

— Il me semblait qu'il était trop tard pour ça!

— Je vais en prendre pour dix ans minimum, je veux qu'on en reste là.

Ma main se posa inconsciemment sur mon ventre. Mon esprit refusait de comprendre ses paroles. Ses mots se mélangeaient dans ma tête.

— Tu n'as donc plus de sentiments pour moi? balbutiai-je.

Ma voix tremblait et je transpirais.

— Je n'en ai jamais eu, me répondit-il sèchement.

Mes bouffées de chaleur se transformaient en sueurs froides. Un courant d'air glacial m'envahit soudainement.

J'attrapai mon sac pensant prendre la fuite. Son regard me fit l'effet d'un coup de poignard en plein cœur.

— Je te remercie pour ta franchise, gloussai-je.

Ne voulant pas lui laisser percevoir à quel point il m'avait dévastée, je restais calme.

Il ouvrit la porte et deux gardiens entrèrent dans la pièce.

Toni se plaça face à l'un d'entre eux, écartant bras et jambes.

Le garde se mit à le fouiller.

Son collègue se rapprocha de moi, s'asseyant d'une fesse sur le coin de la table il me souriait.

— Fouille le sac! lui ordonna son collègue semblant plus âgé.

Il attrapa le sac en me dévisageant. Mon soutien-gorge posé sur le dessus m'angoissait.

Le gardien le saisit du bout des doigts, caressant la dentelle.

Il fixait ma poitrine me déshabillant du regard.

Je baissais les yeux, gênée et stressée qu'il découvre la drogue.

— T'as dû prendre ton pied! lança-t-il à Toni en jouant avec sa matraque.

Il se tourna vers nous, sur le point d'être menotté. Ne sachant où poser les yeux, je regardai le sol, espérant pouvoir déguerpir au plus vite.

Il s'adressa à nouveau à Toni, le provoquant.

— Si tu crois qu'une fille comme ça ne se contentera que d'un coup par mois, tu rêves, ricana-t-il.

Je relevai la tête, choquée par ses propos.

Mon regard furieux croisa celui du gardien. Il glissa sa matraque sur ma jambe, soulevant légèrement ma jupe.

— Tu peux venir t'amuser avec moi entre temps, me proposa-t-il.

Toni se lança sur lui. Il lui décrocha un coup de coude si brutal qu'une giclée de sang éclaboussa mon pull.

Je sursautai, n'ayant pu anticiper sa réaction.

Les gardiens se mirent à deux sur lui, le jetant au sol pour le maîtriser.

J'attrapai mon sac et partis en courant sans me retourner.

Mon cœur cognait dans ma poitrine et mes larmes coulaient encore quand je montai dans la voiture.

J'attendis que mes jambes s'arrêtent de trembler avant de reprendre la route.

Mon monde venait de s'écrouler. Je me retrouvai seule, sans maison, sans pouvoir travailler actuellement et enceinte d'un homme qui ne m'avait jamais aimé.

Je mettais le contact quand une vive douleur abdominale me pétrifia.

Je me repliai vers l'avant, laissant échapper un cri.

Elle dura quelques minutes puis s'estompa. Je pus démarrer.

Une mauvaise pensée m'envahissait sur le chemin du retour. Il était clair que Dieu ne me trouvait pas suffisamment méritante pour me laisser le bonheur qu'il m'avait octroyé jusqu'à présent. Peut-être avait-il décidé de reprendre mon enfant. À ce stade, n'était-ce pas mieux ainsi?

Les douleurs me reprirent encore plus violemment en descendant de la voiture.

Je rentrais chez Santina courbaturée et titubante.

Elle m'attendait. J'éclatais en sanglots. Je n'arrivais plus à parler, des spasmes dans ma gorge m'empêchaient même de reprendre mon souffle.

Je grimpais dans mon lit.

Une dizaine de minutes plus tard j'entendis des pas monter à vive allure.

Recroquevillée en position fœtale, je cherchais une posture antalgique.

Maria accroupie à hauteur de mon visage me caressait l'épaule.

Santina en retrait s'adressa à elle.

— Elle doit aller à l'hôpital.

Maria acquiesça.

— Tu saignes, me fit remarquer Maria.

Je regardais mon pull.

— Ce n'est pas mon sang, déclarai-je.

Je maintenais mon ventre, me replaçant sur le dos.

— Pas là, tes jambes, précisa-t-elle.

J'essayai de me redresser, mes jambes en étaient couvertes et je n'avais rien vu. Je retombai aussitôt sur le lit.

Santina réitéra sa demande.

— Il faut qu'elle aille à l'hôpital.

Maria m'aida à me lever et m'emmena à la salle de bain.

Je nettoyai le sang, le regardant s'évacuer dans le siphon de la douche telle une scène de film d'horreur.

Elle m'assistait à m'habiller.

— Je suis enceinte, lui avouai-je. Je me sentais tellement coupable qu'elle l'apprenne de cette façon.

— Je m'en doutais. Fernando a entendu les ambulanciers te le demander lors de ton malaise devant le garage.

— Toni n'est pas au courant, je l'ai appris le jour de son arrestation.

Je terminai de me préparer. La tête me tournait et je descendais doucement les escaliers.

Nous partîmes pour l'hôpital sous le regard inquiet de Santina.

— La vie est mal faite, avec toi cet enfant aurait eu une vraie famille, soupirai-je sur le trajet.

— Il l'aura sa famille quand Toni sortira, essaya-t-elle de me réconforter.

Je secouai la tête.

— Il veut que je m'en aille, il m'a avoué n'avoir jamais eu de sentiments pour moi.

Je ravalai mes larmes. Je n'avais de toute ma vie jamais pleuré autant que depuis ma grossesse.

— Que vas-tu faire? s'inquiéta Maria.

— Suivre son conseil.

Elle semblait si triste pour moi. Je lui souris.

— Tomber amoureuse d'un homme qui collectionne les conquêtes, c'est comme prendre un ticket à la boucherie.

Je tentai l'humour, le visage déformé par la douleur.

Nous arrivâmes dans le couloir des urgences.

À ma posture, une infirmière accourut vers moi.

On m'installa dans une salle d'examen.

— Je suis contente que tu sois là, murmurai-je à Maria.

Franck arriva très vite.

— Que se passe-t-il? s'empressa-t-il de me demander en enfilant une paire de gants.

— Je me suis remise à saigner et j'ai des crampes.

Il aspergea mon ventre de gel de contact avant de pratiquer une échographie.

J'entendais les battements du cœur de ma fille battre la chamade.

— Elle va bien, me réconforta-t-il.

Mais déplaçant la sonde il eut l'air inquiet.

— Par contre l'hématome s'est remis à saigner. Tu as reçu un choc dans le ventre? me questionna-t-il.

Je détournai le regard, ne voulant pas lui avouer un rapport sexuel proscrit.

Il n'insista pas.

— Tu devras rester couchée le plus possible, et hors de question de reprendre le travail.

Il essuya la sonde avant de la ranger et le surplus resté sur mon ventre.

Il me fit également une injection d'anticholinergique pour calmer mes douleurs.

— Plus de choc pendant au moins un mois, m'ordonna-t-il.

— Ça ne risque pas, hoquetai-je.

Je me relevai de la table. Franck, concentré, remplissait le rapport de soins.

— Pour mon contrat? commençai-je.

Il secoua la tête.

— Pas avant l'accouchement.

— Que se passerait-il si je le cassais?

Il s'arrêta d'écrire, me regardant interrogatif.

— Je vais rentrer en Europe.

— Vu le contexte, rien, une signature suffira.

Je le remerciai pour sa gentillesse et son dévouement à mon égard depuis notre rencontre et lui fis mes adieux.

— Tu es décidée? me questionna Maria en quittant la salle d'examen.

Je me forçais à lui sourire. Santina était adorable, mais je ne me sentais pas à ma place chez elle.

Ne pouvant reprendre le travail, mon compte en banque s'épuisait peu à peu. En fait, je n'avais pas d'autre choix.

Nous traversâmes à nouveau le couloir pour rejoindre la voiture.

Mes yeux s'écarquillèrent à la vue d'Hector discutant avec un couple.

Je m'approchai de lui, interrompant sa discussion.

— Tu as gagné, je m'en vais!

Je n'attendis aucune réponse de sa part pour rejoindre Maria et regagner le parking.

7

La colère

«Celui qui répond à une émotion primaire causée par une blessure physique ou psychique»

Dès le lendemain, je me cherchai un vol pour l'Europe sur le net.

J'en réservai un pour le jour d'après. Je me sentais soulagée, tout ici me rappelait Toni et contrairement à lui, mes sentiments n'avaient guère changé.

Ayant rendu la voiture de location, je demandais à Maria de m'accompagner à l'aéroport.

Il me restait à informer Santina de ma décision et je ne savais comment m'y prendre.

Maria me proposait de passer notre dernier après-midi ensemble et de m'aider à boucler mes valises.

Comment pouvais-je avoir acheté tant de vêtements ici?

Nous nous flanquions à rire en essayant d'en fermer une en étant assises dessus.

Je la regardai nostalgique. Son rire allait me manquer.

— Tu seras toujours ma meilleure amie, ma seule amie, lui confiai-je en la prenant dans mes bras.

Je me remettais à pleurer, maudissant les hormones de grossesse.

Nous n'avions pas entendu Santina monter, certainement intriguée par nos rires.

— Tu t'en vas? me demanda-t-elle en voyant les valises sur le lit.

— Il m'a demandé de partir, répondis-je honteuse de n'avoir su trouver les mots pour lui en parler avant.

— Tu ne lui as pas parlé du bébé! se fâcha-t-elle.

Je baissais les yeux.

— Il ne m'en a pas laissé le temps.

— Il n'aurait jamais dit de telles choses si tu lui avais dit.

Ses paroles me blessèrent et je ne pus m'empêcher de rétorquer.

— Un enfant ne doit jamais être une monnaie d'échange contre l'amour.

Elle redescendit.

Mon cœur se brisait. Je courus pour la rattraper.

Elle pleurait, je la serrais contre moi.

Plus qu'un travail, j'avais trouvé une famille et la quitter me déchirait.

— Je ne t'oublierai jamais. Lui murmurai-je au creux de l'oreille.

— Je ne verrai jamais ton enfant, sanglota-t-elle.

— C'est une petite fille, je voulais que Toni le sache en premier mais Dieu en a décidé autrement.

Je séchais ses larmes.

Maria, redescendit également, puis se prépara à partir.

— Je vais vous laisser, à demain.

Je la raccompagnai.

— Il faut que je te demande une dernière chose avant que tu partes.

Intriguée, elle attendit.

— Je voudrais que tu acceptes de devenir la marraine de ma fille.

Elle me sourit et me prit dans ses bras.

Je passais le reste de l'après-midi avec Santina.

Elle me confia une petite couverture blanche qui avait appartenu à Toni quand il était bébé pour le berceau de ma fille.

Je pris le cadeau avec beaucoup d'émotion. Ce serait certainement le seul souvenir qu'elle aurait de son père.

Il était presque dix-neuf heures et je montais clôturer mes valises.

Ma dernière nuit dans son lit... Il était temps que ce calvaire prenne fin.

Chez moi ce serait certainement plus facile de tirer un trait sur notre histoire, pensai-je.

Sur le point de redescendre, je recevais un texto.

19 h 2 Hector

Voudrais-tu aller prendre un verre avant ton départ?

Alors lui, il ne manquait pas de culot, j'eus envie d'éclater le téléphone contre le mur.
Sur le coup de la colère, je répondis.

19 h 5 Malaury

Va te faire foutre!
J'ajoutais un émoji du majeur.

Sur le point de l'envoyer, je me ravisais. En fait, plus rien n'avait réellement d'importance. Je partais et tout était terminé avec Toni.

Il était temps que cette mascarade se termine.

J'effaçai mon texto et acceptai son invitation.

Déjà sur place, il m'envoyait l'adresse.

Je me préparai en vitesse et appelai un taxi.

— Tu sors? me questionna Santina de son fauteuil.

— Je voudrais voir une dernière fois la mer. Je ne rentrerai pas tard.

Le taxi s'arrêta devant la maison et je grimpai sur le siège arrière.

J'arrivais à l'adresse qu'il m'avait donnée dix minutes plus tard.

Assis à une table, il m'attendait.

Impossible de me forcer à sourire ni de cacher la rancœur que je lui témoignai, je pris place à sa table.

— Salut, grimaçai-je.

Il se leva, empreint de galanterie, attendant que je m'asseye.

Il appela le serveur.

Nous étions dans une taverne très huppée. Des nappes recouvraient toutes les tables.

Hector me tendit la carte. La lumière tamisée me fit m'approcher de la lueur de la bougie pour la consulter.

Le serveur s'approcha et je commandai une piña colada sans alcool.

— Comme ça, tu as décidé de partir.

— Oui je décolle demain en fin de matinée.

Le serveur m'apporta mon verre que je saisis d'emblée. Il était hors de question de le perdre de vue celui-ci, pensai-je.

— Ne penses-tu pas que cette comédie a assez duré? le questionnai-je.

Il souriait, se positionnant en retrait sur sa chaise.

— Ça ne dépend que de toi, me précisa-t-il.

— Quoi qu'il arrive, je partirais. Tu pourrais lui rendre sa liberté.

Il hocha la tête, indécis.

— C'est pas si simple.

Il me regardait dans les yeux en avalant une gorgée de Rhum.

Je m'avançais vers lui, prête à le supplier.

— Je suis certaine que tu en as le pouvoir, flattai-je son ego.

Il acquiesçait, sûr de lui.

— Qu'y gagnerais-je? ricana-t-il, mélangeant les glaçons dans son verre.

Même si mes finances étaient dans le rouge, je pouvais encore effectuer un prêt dans mon pays, je m'empressais.

— Combien veux-tu?

Il se flanquait à rire.

— Offre-moi quelque chose que je n'ai pas déjà.

Il prit délicatement ma main.

Je l'enlevai aussi vite, me dégageant avec une répulsion outrée.

Il s'adossa contre sa chaise, me montrant la paume de ses mains.

— C'est à toi de voir, il pourrait être libre dès demain, m'assura-t-il.

— J'ai une proposition, continua-t-il.

Je le fixai, inquiète.

— Tu emménages chez moi, tu auras ta propre chambre. Ton enfant ira dans les meilleures écoles. Et tu n'auras plus jamais besoin de travailler.

Je le regardais avec dédain, rien de ce qu'il venait de m'annoncer ne me convenait pas. Mon travail faisait partie de ma vie et la seule chose qui comptait à mes yeux c'était la libération de Toni.

Il reprit ma main et je me forçai, cette fois, à rester immobile.

— Réfléchis, je pourrais t'offrir tout ce que lui ne pourra jamais, surenchérit-il.

— Et Toni? balbutiai-je timidement.

Il lâcha ma main, agacé.

— Libre dès demain, affirma-t-il.

Je terminai mon verre.

— Je dois réfléchir.

Je me relevai. M'en allant sans le saluer, il saisit mon poignet.

— Ma proposition expire à minuit.

Anéantie face à ce dilemme, je marchais un peu cherchant une plage pour m'y poser.

Le soleil se couchait et je m'arrêtais devant une barrière séparant une jetée où la mer venait s'y fracasser.

Je fermais les yeux ressentant les embruns de l'océan.

Je cherchais l'apaisement qu'il me procurait à mon arrivée.

Fixant cette immensité devenue sombre à la tombée de la nuit, je me revoyais plongée dans le regard de Toni.

Je devais me rendre à l'évidence que seul lui pouvait encore me redonner ce sentiment de sécurité que j'avais perdu.

Sans lui, plus rien n'avait réellement d'importance. Que ce soit le lieu, le temps ou les personnes m'entourant, rien ne serait jamais plus comme avant.

Je regardais ma montre, il était près de vingt-trois heures.

Je rappelai mon taxi.

Je relativisais.

Deux choix se posaient. Le premier, prendre la fuite et savoir mon amour en cage. Le deuxième, prendre sa place le sachant heureux de reprendre le cours de son existence.

M'effacer à tout jamais d'une place qui n'avait jamais été la mienne. Que ce soit dans sa vie ou dans son cœur.

Mon choix était fait.

Le taxi arrivait. Je lui demandai de patienter un instant. J'appelai Hector.

— Comment puis-je être sûre que tu tiendras parole?

— Tu le sauras, me confirma-t-il.

J'inspirais pour me donner la force de faire ce qui me semblait le mieux en mon âme et conscience.

— J'accepte.

Je raccrochai aussi vite et montai dans le taxi.

Sur le trajet, Hector m'envoya l'adresse par texto et je lui communiquais l'heure de mon arrivée, correspondant à celle où j'étais censée arriver à l'aéroport.

En rentrant, je ne fis aucun bruit, Santina s'était endormie dans son fauteuil.

— Demain, il sera de retour et tu ne resteras pas seule, lui murmurai-je sans l'éveiller.

Je l'embrassai et montais me coucher.

Le matin arriva vite. Après m'être douchée, je descendis mes valises.

Santina était accoudée à table avec un jeune homme en costume cravate. Il me souriait en me saluant.

— C'est le nouveau docteur, me renseigna-t-elle.

Je m'approchai pour l'informer du traitement en cours et de l'évolution de sa pathologie.

Il avait un fort accent américain. Presque aussi blanc de peau que moi, il replaça une mèche de cheveux châtains lui tombant sur les yeux avant de prendre la parole.

— C'est vous le médecin qu'ils ont viré, ricana-t-il.

Je le remerciai pour son indélicatesse, froissée par ses propos.

Il ne prêta guère attention à ma remarque et continuai à remplir son rapport.

— Vous devriez être contente, une telle erreur chez nous vous aurait coûté le droit d'exercer, me sermonna-t-il.

Ayant pris le nécessaire au dispensaire, il se leva pour injecter l'insuline de Santina.

— Il n'y a pas eu d'erreur, soupirai-je.

Ne pouvant réellement expliquer la situation, je me tus et ravalai mon orgueil.

Il me lança un regard dubitatif.

Il remballa aussi vite son matériel.

— À demain, dit-il en s'adressant à Santina sans la regarder.

Il se retourna sur moi mesquin.

— À tantôt, nous deux.

Je ne pris pas attention à ses dernières paroles.

Il était très arrogant, il était forcément compétent. Je m'efforçai de rassurer Santina.

Après son départ, Maria ne tarda pas à arriver.

Devant reprendre son travail incessamment, elle me pressa de faire mes adieux à Santina.

Elle restait sur le pas de la porte, attendant que nous chargions les bagages dans le coffre.

Je lui fis un signe de la main, jusqu'au moment où elle quitta mon champ de vision.

— Gare-toi un instant, demandai-je à Maria.

Elle s'arrêta sur le bas-côté de la route.

— On ne va plus à l'aéroport, lui signalai-je évasive.

Je lui tendis mon smartphone avec l'adresse d'Hector.

Je lui expliquai notre entrevue de la veille et sa proposition.

Elle m'écouta attentivement.

— Je ne peux pas faire ça Malau, Toni ne me le pardonnerait jamais.

— Dis-lui que tu m'as conduit à l'aéroport.

Elle refusait catégoriquement.

— Si on en croit ton frère et Emilio, rien ne serait arrivé sans ma présence, laisse-moi réparer mes erreurs, la suppliai-je.

Cette culpabilité m'aurait certainement suivi dans mon pays.

— Tu agis sur un coup de tête, tu ne t'imagines pas l'apocalypse que tu risques de déclencher.

Sa voix tremblait.

Elle reprit le chemin de l'aéroport.

J'étais décidée mais comprenant sa réaction je n'y allais à l'encontre.

Elle me déposa sur le parking d'embarquement.

— Tu veux bien me rendre un dernier service? lui quémandai-je en la serrant dans mes bras.

— Oui.

Je l'entendais sangloter dans mon oreille.

— Quand il sortira, dis-lui que jamais je ne l'oublierai, ni dans cette vie ni dans une autre.

— Tu as pris la bonne décision, je n'aurais jamais pu te laisser faire cette bêtise avec Hector, me déclara-t-elle tandis que je m'éloignais.

Je me retournai, le regard coupable.

J'attendis d'être hors de son champ de vision pour grimper dans un taxi.

— Démarrez s'il vous plaît, le pressai-je.

Je passais sous les yeux de Maria. Elle descendit de sa voiture et je l'entendis crier mon nom au loin.

Je communiquais l'adresse au chauffeur dès qu'il sortit du parking.

La maison d'Hector se trouvait au bout d'une allée bordée d'arbres. Les rayons du soleil les pénétrant émettaient de flashs lumineux.

Un parking de gravier blanc précédait la bâtisse du même coloris. Le taxi me déposa et contourna la fontaine qui trônait au centre pour repartir.

Plusieurs voitures de luxe y stationnaient en quinconce.

Je reconnus la voiture avec laquelle j'étais arrivée le premier jour.

Je restai figée un moment devant la grandeur de l'immeuble.

Si je n'avais su, j'aurais aisément pu la confondre avec un hôtel.

Je m'avançais timidement, le soleil se reflétant dans les façades m'éblouissait.

Je me sentais de moins en moins courageuse et l'envie de faire demi-tour me traversa.

Il est trop tard pour ça! Me répétai-je sans cesse.

Je fus reçue par une domestique d'un certain âge. Ses cheveux gris tirés en chignon et son uniforme lui donnaient un air assez antipathique. Elle me conduisait à ma chambre, se chargeant d'une de mes valises.

Je regardai autour de moi, le hall d'entrée me rappelait celui d'une gare.

Toutes les portes fermées qui le jonchaient et le calme qui y régnait rendaient un aspect glacial à la maison.

Nous grimpions un large escalier de marbre où quelques plantes tombant le long de la rampe contrastaient un peu avec la blancheur immaculée du panorama.

Je fus étonnée de ma chambre. Le coloris y était nettement plus chaleureux. Sa superficie couvrait à peu de chose près la moitié de ma maison.

Déposant mes valises à l'entrée, je me dirigeais vers une énorme fenêtre.

Bien que la vue donnait sur une piscine entourée de palmiers, j'aperçus en premier lieu l'océan qui se dessinait au loin.

Je m'asseyais sur le bord du lit. La couette parme et la multitude de coussins le recouvrant lui rendaient un aspect confortable.

Je déposais mon sac sur la table de chevet y étant accolée.

Un coin salon avec une table basse remplissait le reste de la pièce.

La dame accrochait les tentures sur les embrasses ce qui augmenta la luminosité de la chambre.

Elle ouvrit une porte située juste à côté du coin salon. J'avais ma propre salle de bain, comportant une douche et une baignoire.

La porte de la chambre s'ouvrit. Une dame très maquillée et vêtue d'une tenue de soirée faisait son entrée.

De longs cheveux noirs bouclés lui tombaient sur les épaules.

— Merci Carmen, vous pouvez disposer, s'adressa-t-elle à la domestique.

Une jeune fille vêtue et coiffée comme Carmen se dissimulait timidement derrière elle.

Elle s'approcha de moi. M'embrassant pour me saluer, elle prit garde de ne pas froisser ses vêtements.

— Je suis heureuse de te rencontrer enfin ma chérie, je suis Clara, la mère d'Hector, s'exclama-t-elle.

Je la saluai en retour et la remerciai de son hospitalité.

Elle me présenta Agnès, une jeune domestique qui m'était attitrée.

— Demande à la couturière de passer, ordonna-t-elle à Agnès sèchement. Ma pauvre, il te faut remplacer ces guenilles de toute urgence.

Je regardai bêtement mes vêtements, me demandant ce qui clochait.

— Je vais te laisser t'installer. As-tu un ordinateur portable avec toi? me demanda-t-elle.

Je répondis négativement.

— Une tablette ou un smartphone?

Je pris mon téléphone dans mon sac.

— Seulement ceci, lui indiquai-je.

— Je te l'emprunte un moment, me déclara-t-elle, continuant à afficher un sourire hypocrite.

Elle quitta la pièce emportant avec elle mon portable.

La porte se referma derrière elle et je sursautai au bruit d'une clé se tournant dans la serrure.

Je me précipitai pour vérifier. Elle m'avait bel et bien enfermé.

Je me mis à paniquer. Me dirigeant à nouveau en direction de la fenêtre, j'essayai également de l'ouvrir sans succès.

Je courus vers la salle de bain me passer de l'eau fraîche sur le visage.

Respire, respire, me répétai-je. J'entendis à nouveau la porte s'ouvrir à mon grand soulagement.

Une dame grisonnante, très mince et assez grande entra.

Elle portait un mètre ruban autour du cou et tenait dans ses mains un bloc-notes et un crayon.

— Je vais prendre tes mesures, m'informa-t-elle.

Elle mesura ma poitrine, ma taille, mes hanches, l'entièreté de mon corps y passa.

Elle retranscrivait le tout dans son petit carnet.

Elle vérifia la pointure de mes chaussures.

Je me sentais très mal à l'aise face à tout ce remue-ménage.

Agnès vint me déposer un plateau-repas sur la table basse tandis que je terminais avec la couturière.

Toutes deux quittèrent la pièce me renfermant à nouveau.

Je commençai à ressentir un mal de tête et je fixai le plateau.

J'examinais la bouteille d'eau, elle n'était plus scellée.

Je me servis un verre à l'évier de la salle de bain pour prendre un antidouleur. Je me sentais de moins en moins en confiance.

Elle avait beau être spacieuse et dorée, une cage restait une cage.

Je restai seule une heure environ quand Agnès refit une apparition.

Elle me déposa des vêtements sur le bord de mon lit.

— Monsieur demande que vous soyez prête dans une demi-heure.

Elle se dirigea pour débarrasser le repas.

— Vous n'avez rien mangé, madame, s'inquiéta-t-elle.

Elle semblait si jeune et si gentille.

— Je n'ai pas très faim.

Elle revint cinq minutes plus tard.

— Je vais vous aider à défaire vos bagages.

— Ça ira, je le ferai tout à l'heure.

Elle regarda sa montre, stressée.

— Je vous en conjure madame, changez-vous! insista-t-elle, me représentant les vêtements.

Je les lui pris des mains et les redéposai sur le lit après son départ.

Je regardais le vent balancer les palmiers par la fenêtre, essayant de ne pas regretter ma décision.

Mon esprit vagabondait, revisionnant les moments passés avec Toni.

Combien de temps fallait-il pour que j'arrive à fermer les yeux sans voir les siens? Allais-je un jour oublier son odeur, comme j'avais oublié celle de ma mère quand elle me prenait dans ses bras?

Je n'étais pas sûre de vouloir.

Je ne pouvais m'empêcher de lui parler le soir en allant me coucher, réclamant son aide, sa présence. Je priais Dieu qu'il le protège et qu'il lui fasse parvenir mes pensées.

Il m'arrivait très souvent d'entendre sa voix dans mes rêves, tel un super héros qui veillerait sur moi et me protégerait.

Agnès arrivait chargée d'un plateau de fruits qu'elle déposa sur la table.

Elle s'encourait vers moi, attrapant les vêtements sur le lit.

— Allez vous habiller, madame.

Elle me poussa presque de force vers la salle de bain.

Elle semblait angoissée.

Hector fit son apparition dans la chambre.

— Tu n'es pas prête, remarqua-t-il en affichant un sourire excédé.

— Je me trouve bien comme ça, lui rétorquai-je, fatiguée des obligations qu'on m'imposait.

Il alla s'asseoir sur le canapé.

— C'est ton choix, mais si tu ne te changes pas, tu te passeras de la preuve que tu m'as réclamée hier, me signala-t-il calmement.

Il allait m'emmener voir Toni, une dernière fois.

L'idée me ravissait et me soulageait. Il me fallait cette preuve pour que mes actes prennent enfin un sens.

Me raccrocher à une pensée positive, me faisant limite oublier mon propre sort.

— Je suis désolée, je profitais de la vue. Je n'ai pas vu le temps passer.

J'attrapai les vêtements des mains d'Agnès et me pressai vers la salle de bain.

Ma main encore sur la poignée, il referma la porte violemment d'un coup de pied.

Je sursautai.

— Tu n'avais qu'à le faire avant.

Il me fixait agressivement.

Inquiète à la pensée qu'il puisse changer d'avis, je m'excusai à nouveau.

— Tu t'habilleras ici maintenant, comme ça je pourrai profiter de la vue.

Je ne bougeai plus, mon esprit refusait catégoriquement cette idée.

Je lançais un regard désespéré à Agnès qui baissa les yeux.

Il regardait sa montre, amusé.

— À ta place, je me dépêcherais, il ne t'attendra pas, ricana-t-il.

J'enlevais ma tenue furieuse, attrapant celle qu'on m'avait apportée.

Une robe assez courte, en matière satinée, d'un rouge brillant.

Sur le point de l'enfiler, je le fixai exaspérée.

Il attrapa une grappe de raisins sur la table.

— Tous les vêtements, précisa-t-il, égrappant un raisin.

Je me sentais prise au piège. N'ayant pas la possibilité de ne pas accéder à sa demande je dénudais ma poitrine. Je sentais son regard malsain me dévorer.

Il restait figé, susurrant son grain de raisin.

J'enfilai un soutien-gorge en dentelle noire posé sur le lit.

Un peu juste en taille, il m'étreignait la cage thoracique et augmentait légèrement le volume de mes seins.

Je m'assis sur le lit pour changer mon slip contre un string du même coloris.

Me relevant pour passer la robe, je le vis se caresser à travers ses vêtements.

Quel porc! pensai-je. Il me dégoûtait réellement.

— Voilà! lui criai-je, enragée.

Il se leva affichant un visage de vainqueur et je le suivais.

Nous arrivâmes sur le parking.

— On va prendre la Mercedes, m'indiqua-t-il en me désignant une berline blanche aux vitres teintées.

Son téléphone sonna.

— Hector Cruz, dit-il en décrochant.

Je ne pouvais entendre l'interlocuteur, mais il termina en précisant.

— D'ici une heure nous serons de retour.

Je profitais de la situation.

— Ta mère m'a pris mon téléphone et elle m'enferme dans ma chambre.

Il passa sa main dans ses cheveux et mise ses lunettes de soleil.

— Et? me cassa-t-il.

— Et, je ne crois pas que ça fasse partie de notre accord.

J'essayai d'ouvrir la vitre pour prendre l'air. Son air suffisant me mettait hors de moi.

Bloquée, mon essai restait vain.

— Je te le rendrai quand ton comportement le permettra.

— Mon comportement? répétai-je interrogative.

— Quand tu seras plus docile!

Outrée par ses propos, je me tus le reste du trajet.

Je sentais mon cœur s'accélérer à l'approche du pénitencier.

La salive me manquait et je tentais de dompter ma
respiration discrètement.

Hector se stationnait en retrait. Nous attendions silencieusement.

Je fixai la porte nerveusement.

Quelques personnes sortirent, me provoquant à chaque
fois des palpitations. Des visiteurs probablement, pensai-je.

La Mustang de Toni arriva sur le parking. Fernando
en descendit.

Je le vis passer la porte, son sac à dos à la main.
J'inspirais profondément, soulagée.

Un sourire amoureux involontaire se dessina sur mon
visage.

Hector me saisit brutalement le poignet et enclencha
la fermeture automatique des portières.

— N'y pense même pas! grogna-t-il.

Il me faisait mal. Ses doigts s'incrustaient dans ma
peau, me contorsionnant mon articulation.

Mon corps entier suivit le mouvement, entraîné par
la douleur.

— Tu me fais mal!

Il me lâcha et démarra. Je regardai Toni monter au volant de sa voiture alors que nous nous éloignions.

La dernière fois que mes yeux se poseront sur toi mon
amour.

Bien d'autres personnes n'ont pas cette chance, pensai-je.

Je remerciais Dieu qu'il aille bien.

— Merci, soupirai-je à Hector poliment, contente qu'il
ait tenu sa parole.

Je regardai mon bras, la trace de ses doigts était encore visible sur ma peau.

— Tu auras tout le temps de me remercier comme il se doit.

Il glissait au même moment sa main entre mes cuisses.

Ressentant son geste comme une agression, j'esquivai et retirai sa main aussi vite.

Je me reculai vers la portière le plus possible.

Nous avions déjà parcouru quelques kilomètres et je commençais à me sentir mal. Envahie de bouffées de chaleur, j'avais du mal à respirer.

— Tu as coupé la clim? demandai-je à Hector.

Il ne répondit pas, encore furieux de ma réaction.

Le siège en cuir me brûlait la peau, je me tortillais.

— Qu'as-tu fait? insistai-je, paniquée.

Ne pouvant rester assise plus longtemps sous peine de brûlure je me cambrais.

La ceinture de sécurité bloquait ma manœuvre, me forçant à garder ma peau nue sur ce qui devenait un bûcher.

Je me tournai pour la décrocher, quand je vis Hector la bloquer.

La douleur irradiait mes reins et tout le bas du dos.

Il ne détournait pas même un cil vers ma souffrance.

J'essayais de supporter le plus possible le calvaire qu'il m'imposait, espérant arriver à destination le plus vite possible.

Il ralentit la voiture et se stationna sur le bas-côté de la route.

— Je peux rester ici le temps que tu voudras, me signala-t-il, mesquin.

Je repris sa main moite pour la remettre sur ma cuisse. Honteuse de céder si facilement.

— Tu commences à comprendre, dit-il en redémarrant la voiture.

Nous arrivâmes chez lui. Je tirai sur ma robe pour cacher les brûlures.

Ses parents l'attendaient dans un petit salon, je les saluais.

— Monte dans ta chambre, m'ordonna Hector.

Je m'exécutai, espérant pouvoir m'asperger les fesses d'eau froide.

— Tu n'as rien oublié? me demanda-t-il sèchement.

Je me retournai faisant mine de ne pas comprendre quand sa mère s'adressa à son mari.

— Si ce n'est pas mignon un homme qui réclame un baiser à sa bien-aimée.

Ne me sentant aucune échappatoire, je m'avançai.

Je fermai les yeux, déposant ma bouche sur la sienne. Il força le barrage de mes dents pour engouffrer de force sa langue dans ma bouche me provoquant une sensation immonde.

— Qu'as-tu fait mon enfant? me demanda sa mère en voyant le haut de mes cuisses.

— Elle avait froid et s'est amusée avec le siège chauffant, répondit Hector à ma place.

— Froid?! Mais il fait plus de quarante degrés dehors, s'étonna-t-elle.

Elle envoya Agnès me chercher de la pommade.

À l'étage, la jeune domestique m'aida à nettoyer mes plaies.

Je serrai les dents, laissant parfois échapper un gémissement de douleur.

— Je suis désolée madame, s'excusait-elle à chaque fois.

— Ce n'est pas ta faute, soupirai-je.

J'avais une peau extrêmement sensible et probablement des brûlures aux premier et deuxième degrés.

— Vous ne devriez pas rester ici.

— Je n'ai pas le choix, soupirai-je.

Je m'installais sur le lit à plat ventre, laissant la pommade me soulager un instant.

— Tu es mariée? lui demandai-je.

Elle acquiesça.

— J'ai deux enfants, deux garçons.

— Tu l'aimes? la questionnai-je.

— C'est l'amour de ma vie.

Je souriais en pensant à Toni.

— Si je pars, ils remettront mon amour en prison.

Elle s'assit un instant à mes côtés, marquant son empathie en déposant sa main dans mon dos.

Je me retournai pour pleurer silencieusement.

Elle bondit du lit à l'ouverture de la porte. Hector entra accompagné du jeune médecin que j'avais rencontré le matin même chez Santina.

Il me regarda, ricanant.

— Je t'avais dit qu'on se reverrait, me lança-t-il.

Il s'approcha de moi.

— Que s'est-il passé? me questionna-t-il en regardant mes plaies.

— Je me suis brûlée, répondis-je honteusement.

Il se mit à rire et déposa un doigt sur ma bouche.

— Chut! Mon cœur, tu parleras quand on te le demandera.

Il se tourna vers Hector.

— Elle a été vilaine, lui répondit-il.

— On lui met quoi là-dessus?

Agnès lui tendit le tube de pommade.

Il hocha la tête.

— Je vais lui prescrire de la crème cicatrisante, ce serait dommage de défigurer un aussi joli cul.

Il y avait chez lui un je ne sais quoi de malaisant.

— Allez retourne-toi mon cœur, me demanda-t-il en m'infantilisant.

Je me remis sur le dos. Il avait préparé le matériel pour me faire un prélèvement sanguin.

Me plaçant le garrot, il s'adressait à Hector.

— Utilise ta ceinture la prochaine fois, ça laisse moins de traces.

Je crus tout d'abord à une plaisanterie de mauvais goût, mais il semblait sérieux.

— Aïe! criai-je à la mise en place de l'aiguille.

Il galérait à me piquer alors que j'effectuai moi-même mes prélèvements depuis des années.

Je tournai la tête, attendant qu'il termine de me triturer le bras.

Il préleva trois tubes.

Je me retournai à la sensation d'un pincement anormal au niveau de ma veine.

Il m'avait injecté quelque chose. Je le regardai terrifiée.

— Tu lui donnes quoi? demanda Hector.

— Un calmant qui m'évitera de me prendre un coup. Il se mit à rire de nouveau.

Il enfila une paire de gants.

— Je la veux consciente, insista Hector.

— Elle le sera. Regarde la terreur dans ses yeux, plaisanta-t-il.

Mon corps s'alourdissait, je ne pouvais ni bouger les bras, ni les jambes.

Je lançai un regard de détresse à Agnès qui restait stoïque.

Il écarta mes jambes, bloquant chacune sur un des coussins du lit.

Je tremblai de l'intérieur, impossible de me débattre ou de prendre la fuite, prisonnière de mon propre corps.

Il dégagea ma culotte, mettant mon sexe à la vue de tous.

— C'est du premier choix, lança-t-il en m'aspergeant de lubrifiant.

Il sortit un frottis de sa mallette. Je grimaçai, le sentant s'enfoncer en moi.

Hector n'en perdait pas une miette. Son regard lubrique, à la limite de la perversité me transperçait. Je crus même un instant le voir saliver.

Je sentis le doigt du médecin s'enfoncer en moi.

— Elle est encore étroite, elle te donnera du plaisir, déclara-t-il à Hector.

Ils parlaient de moi à la troisième personne, comme si je n'étais pas présente.

— Combien de temps pour les résultats? demanda Hector.

— Quelques jours. Tu n'as qu'à mettre une capote en attendant.

Je comprenais. Tout ça pour lui être sûre que je ne lui refile pas une maladie. Je me sentais un vulgaire morceau de viande.

— Ce bâtard l'a baisée sans, je ne voulais pas prendre de risque, cracha-t-il.

Sortant son doigt de mon sexe, il remit un peu de gel sur ses doigts.

Je le sentis descendre entre mes fesses. Il s'enfonça brutalement et j'émis un léger cri de douleur.

— Attends que je sois parti pour gémir mon cœur!
m'humilia-t-il à nouveau.

Il se dégagea et enleva ses gants.

— De ce côté, elle est vierge, conclut-il.

Il se tourna vers Hector.

— J'ai vu dans quoi elle vivait ce matin, pense aussi
à la désinfecter.

Mes larmes coulaient face à tant de méchanceté.

Il remballait son matériel, emportant avec lui mes
prélèvements.

Ils allèrent tous deux quitter ma chambre.

— J'ai jeté un œil sur son rapport, si tu la baises, elle
peut perdre l'enfant.

— C'est pas grave, je lui en ferai un autre, se flanqua-
t-il à rire en sortant.

Agnès m'aida à m'asseoir sur le lit. Je la saisis par le bras.

— Tu dois m'aider, trouve-moi de quoi appeler du se-
cours, la suppliai-je encore tremblante.

J'essayai de me lever, encore sous l'emprise du calmant, mes jambes flageolaient.

Il fallait que je trouve le moyen de partir avant qu'il
arrive quelque chose à ma fille.

— Je ne peux pas madame, je perdrais ma place, re-
fusa-t-elle.

La peur au ventre, je regardais par la fenêtre.

J'échafaudais un plan, revisitant toutes les possibili-
tés. Je ne resterai pas un instant de plus ici.

— Agnès, peux-tu demander à sa mère de monter,
s'il te plaît?

Elle sortit de la chambre.

Je réfléchissais à comment et pourquoi lui annoncer
mon départ.

J'entendis la clé tourner dans la serrure.

Je soupirais de soulagement quant à la rapidité de son arrivée.

Mon expression faciale changea du tout au tout quand je vis Hector passer la porte. Il referma la porte d'un tour de clé et enfouit celle-ci dans sa poche.

— Tu crois que ma mère irait contre moi? ricana-t-il.

Je me retournai à nouveau vers la fenêtre, ne le pas laissant apercevoir mon effroi.

Je sentais son odeur nauséabonde se rapprocher. Son souffle fétide balançait mes cheveux.

J'imaginais le pire, c'en était fini de moi. Je tremblai en implorant le ciel qu'il m'apporte l'aide ou la force dont j'avais besoin.

Je posais une main sur mon ventre.

Il érafla la peau de mon bras avec l'ongle de son pouce et me tira par les cheveux en arrière.

— Je suis le seul qui puisse te protéger ici.

Sa voix gutturale m'épouvanta.

Gardant sa prise et me bloquant contre lui, il tenta d'attraper ma poitrine.

Je l'arrêtai, saisissant son bras.

— Laisse-toi faire, quand tu y auras goûté, tu ne penseras plus à lui.

Sa voix fiévreuse dénotait l'excitation qui l'attisait.

Je me retournai, le repoussant violemment.

— Tu n'as rien compris Hector, chaque fois que je fermerai les yeux, il n'y aura que son visage que je verrai. Chaque fois que je crierai, c'est son nom que j'appellerai!

J'affichai un sourire de rage, le narguant.

Il semblait déchaîné, bouillonnant de colère.

Il me gifla du revers de sa main, d'une telle force que je fus projetée sur le lit.

M'appuyant sur mes avant-bras, j'essayais de me relever. Ma vue se troubla et je m'écroulai à nouveau, évanouie.

Je reprenais mes esprits quelques instants plus tard, écrasée par le poids de son corps.

Il avait déchiré le dessus de ma robe.

Ses mains froides et moites étreignaient mes seins à travers mes sous-vêtements.

Essayant de me dégager de son emprise, je me mis à hurler.

Il m'étranglait pour étouffer mes cris, forçant ma tête à s'enfoncer dans l'oreiller.

Je débloquai ses doigts un à un de ma gorge. Je poussais sur mes pieds pour me remonter, ils patinèrent sur l'édredon.

Il attrapa à nouveau mes cheveux avec vigueur.

— Je vais te baiser que tu le veuilles ou non.

Je m'égosillai de toutes mes forces, appelant à l'aide.

Il se frottait contre moi tel un chien en chaleur.

J'essayais de lutter mais il était plus fort que moi et j'arrivais à mes limites.

Sa main remonta entre mes cuisses.

Il déboutonna son pantalon.

— Noooon! me remis-je à gueuler.

Il agrippa ma culotte pour l'arracher.

— Hector! Descends! entendis-je son père brailler dans l'escalier.

Il s'approcha de mon visage, lapant ma joue de sa langue visqueuse.

— Attends-moi, tu vas adorer la suite.

Il referma son pantalon rapidement, bondissant du lit et s'encourut de la chambre.

Je reculai, m'adossant à la tête de lit. Je rapprochai mes jambes contre moi, les encerclant de mes bras.

J'étais tétanisée.

Je me balançais d'avant en arrière nerveusement. Mon cœur semblait vouloir exploser dans ma poitrine et mes mains tremblaient frénétiquement.

Je me sentais couverte de sa bave.

Voulant m'essuyer, je sentis ma joue enflée. La douleur de sa gifle, camouflée par l'adrénaline, faisait son apparition. Ma vue paraissait entravée par l'œdème et mes larmes.

Je fouillais la chambre du regard à la recherche d'un mouchoir.

Chacun de mes muscles, contractés par la peur, m'empêchait de bouger de cette position de sécurité que j'avais adoptée.

J'aperçus mon sac posé sur la table de chevet.

Je tentais d'étendre le bras pour attraper la bandoulière.

Ratant ma prise, il se renversa et j'entendis quelque chose en tomber et rouler sur le sol.

Je repris ma position aussi vite.

Curieuse du bruit perçu, je me penchai légèrement, ne lâchant pas mes jambes.

Le flacon d'insuline de Santina gisait à quelques centimètres de ma sacoche.

Je me relevai d'un saut et le ramassai.

Se pouvait-il que je trouve une seringue, emportée également par inadvertance? Je renversai l'intégralité de mon sac sur le lit.

— Oui, soupirai-je.

J'arrachai l'emballage avec mes dents pour gagner du temps.

La remplissant au maximum de ce qu'elle pouvait contenir, j'inspirais profondément.

Je secouais les mains pour qu'elles s'arrêtent de trembler un moment.

Injectant la substance lentement au point d'injection laissé par le prélèvement qu'on venait d'effectuer, sans prendre le temps de garrotter mon bras, je fermai les yeux.

Bien que l'insuline s'injectait normalement en sous cutanée, j'essayais de diminuer le temps d'action.

Je priais pour que ce soit rapide.

La seringue vide, j'appuyai encore sur le piston.

Prenant conscience de mon acte désespéré, je l'arrachai et la jetai au sol.

Mon corps ne serait jamais le temple d'Hector. Jamais je ne lui laisserais la place de Toni.

Je me préférais morte que d'imaginer quiconque me toucher comme il le faisait.

Je m'allongeai sur le lit, morte de trouille.

J'allais mourir comme j'avais vécu, seule.

J'ôtai mon bracelet de mon poignet, le serrant à l'extrême dans la paume de ma main.

Emportant avec moi tout ce qu'il me restait de lui, pensais-je en caressant mon ventre.

Je me demandais si quelqu'un serait de l'autre côté, attendant mon passage. Ma mère, ma grand-mère peut-être.

Je priais, expiant mes péchés et remerciant le Seigneur de m'avoir au moins permis de connaître l'amour.

La vie ne nous octroie que quelques moments éphémères de bonheur et je demandais à Dieu qu'il en comble Toni pour le reste de ses jours.

Peu m'importait s'il fallait que ce soit dans les bras d'une autre.

Une légende urbaine nous raconte qu'au moment de partir, notre vie défile sous nos yeux. J'avais de la chance, mes pensées ne se concentraient que sur le dernier chapitre.

Revivant nos disputes, nos rires, nos moments tendres et passionnels, je m'endormais.

Il m'était impossible d'imaginer qu'un tel amour puisse disparaître à la mort d'un corps.

Je nous revoyais à San Sebastian, allongés sur l'herbe fraîche, écoutant le chant des oiseaux.

Je te perds mon amour mais je ne pourrai t'oublier.

Je passerai l'éternité à essayer de te retrouver. Je reviendrai toujours à Gozalandia, attendant un signe de ta part.

Je me fixais sur l'intensité de son regard le jour du tremblement de terre, me laissant emporter et ressentant presque un sentiment de sécurité identique.

Je m'enfonçais et je perdais connaissance.

Mon corps était propulsé vers le haut. Des chocs réguliers me forçaient à me cabrer. Des voix semblant provenir d'outre-tombe m'entouraient. Une lumière aveuglante me brûlait la rétine.

Je mis un moment avant de me rendre compte que du personnel médical essayait de me réanimer.

Je sentais le froid des palettes métalliques du défibrillateur sur ma poitrine.

On me soulevait pour m'installer sur une civière.

Mon corps, plongé dans un semi-coma ne pouvait plus bouger.

Je percevais seulement quelques sons ou quelques mots des personnes qui s'activaient autour de moi.

Nous arrivâmes dans l'ambulance.

— On a un suicide sur tentative de viol. Elle n'est pas encore stable. Parlait un des ambulanciers dans la radio qui le reliait à l'hôpital.

Il donnait également des informations sur mes paramètres, ils n'étaient pas bons.

J'avais plusieurs fractures, une au niveau de la face, quelques côtes et il poursuivait sur une éventuelle au poignet à confirmer.

Il continuait, leur parlant de mes brûlures probablement infectées.

— Elle est dans un sale état, conclut-il.

J'écoutais les battements de mon cœur dans le monitoring, très affaiblis et irréguliers.

— Non, monsieur, vous ne pouvez pas monter. Interdisait le second, resté à mes côtés.

— Que s'est-il passé? J'entendai une voix douce et caressante.

Toni était là, à mes côtés.

— Vous ne pouvez pas rester, monsieur, les soins ne sont pas terminés.

— Je vous ai demandé ce qu'il s'était passé, c'est ma femme et ma fille qui sont allongées là! se fâcha-t-il.

L'autre ambulancier lâcha sa communication et se rapprocha de nous.

— Laisse-le, on n'est pas sûr qu'elle arrivera jusqu'à l'hôpital.

Je sentais la mise en place d'électrodes sur mon abdomen.

— Elle est effectivement enceinte. Confirma-t-il à l'obtention du pouls de ma fille.

J'entendis un choc ressemblant à un coup de poing fracassant la carrosserie du véhicule.

— Est-ce que quelqu'un va me dire ce qu'il s'est pas-sé bordel!

Toni était méconnaissable.

L'ambulancier lui fit un bref rapport des maltraitances que j'avais subi.

— Je ne pense pas qu'elle puisse s'en sortir monsieur, son cœur est trop faible. Je suis désolé, ajouta-t-il avec empathie.

Je sentis une main se poser sur mon ventre.

Toni se pencha sur moi me déposant un tendre baiser sur ma bouche.

Ses lèvres étaient humides et salées. Il posa son front sur le mien.

Des gouttes perlaient sur mon visage. Il pleurait.

— Bats-toi bébé, je t'aime, murmura-t-il au creux de mon oreille.

Il enleva mon bracelet toujours encré dans mon poing serré et parti.

La sensation était terrible, si près de moi et je ne pou-vais ni l'enlacer, ni l'embrasser, prisonnière de ma léthargie.

Les ambulanciers allaient se mettre en route vers l'hô-pital, tentant mon transfert. J'entendis l'annonce de l'un d'entre eux.

Il réclamait d'urgence qu'un gynécologue soit présent à mon arrivée.

Il allait refermer les portes quand plusieurs coups de feu brisèrent son élan.

Il s'encourait vers son poste de radio, réclamant ser-vice de police et une ambulance supplémentaire.

Mon âme criait, gardant mes lèvres scellées.

— Toniiiiii!

Mon cœur s'emballa, affolant les alarmes du scope.

— Elle s'enfonce! s'écria son collègue.

Je perdis à nouveau connaissance.

Je suis toujours allongée dans ce lit d'hôpital, comateuse et léthargique.

«Préoccupant» est le terme le plus utilisé par les médecins qui défilent autour de moi.

Toujours reliée à plusieurs machines, j'entends battre le cœur de ma fille à côté du mien.

Je cherche au plus profond de moi la force de me battre.

Ne sachant ce qu'il s'est passé, j'ai peur.

Où est Toni? Qu'a-t-il fait? Est-il blessé?

Je sais qu'il est vivant, je le ressens.

Je m'accroche à une citation de Jean Paul Jody, écrivain et scénariste français que j'adorais lire au moment de mes études.

«C'est difficile d'ouvrir une porte quand on ignore ce que l'on va trouver derrière, mais c'est encore plus difficile de passer sa vie devant la porte sans l'ouvrir.

Et le pire, c'est de mourir sans savoir ce qu'il y avait derrière la porte.»

Continuará...

Remerciements

Je tiens à remercier monsieur Tony Dize. La beauté de tes textes et la douceur de ta mélodie ont réellement été une source d'inspiration pour moi.

Quiero agradecer Señor Tony Dize. La belleza de tus letras y la dulzura de tu melodia reamente han sido una fuente de inspiración para mi.

Merci à ma collègue Mélissa pour sa compréhension face à mes sautes d'humeur durant l'élaboration de certains chapitres.

Merci à ma famille pour leur soutien.

EIN HERZ FÜR AUTOREN A HEART FOR AUTHORS À L'ÉCOUTE DES AUTEURS MIA KAP
HJÄRTA FÖR FÖRFATTARE UN CORAZÓN POR LOS AUTORES YAZARLARIMIZA GÖNÜL
CUORE PER AUTORI ET HJERTE FOR FORFATTERE EEN HART VOOR SCHRIJVERS TE
SZERZŐINKÉRT SERCE DLA AUTORÓW EIN HERZ FÜR AUTOREN A HEART FOR AUTHO
CORAÇÃO BCEЙ ДУШОЙ К АВТОРАМ ETT HJÄRTA FÖR FÖRFATTARE Á LA ESCUCHA D
AUTEURS MIA ΚΑΡΔΙΆ ΓΙΑ ΣΥΓΓΡΑΦΕΙΣ UN CUORE PER AUTORI ET HJERTE FOR FORF
YAZARLARIMIZA GÖNÜL VERDIK ZÍVÜNKET SZERZŐINKÉRT SERCE DLA AUTORÓW
VOOR SCHRIJVERS TEM UM CORAÇÃO AUTORES NO CORAÇÃO BCEЙ ДУШОЙ К АВТОРАМ ET

L'auteur

Thomas Rivera.

D'origine portoricaine et vivant actuellement en Belgique.

Né le 12 novembre 1976 dans la municipalité de Coamo sur l'île de Puerto Rico.

Malgré des études universitaires médicales, il vogue dans le milieu artistique depuis l'enfance, musique, peinture et écriture.

Il envisage en ce moment un retour aux racines.

Email : thomasrivera.auteur@gmail.com

Instagram : thomasrivera. auteur

Teamdizenewlife

La maison d'édition

Qui arrête
de progresser,
arrête d'être bon!

En se basant sur notre slogan, c'est notre désir de trouver de nouveaux manuscrits et de les faire publier. Depuis plusieurs décennies déjà, nous avons donné nos cœurs aux livres et nous nous engageons pour chacun de nos auteurs et chaque livre personnellement.

Nous faisons pour chaque manuscrit une relecture en quelques semaines. La relecture est gratuite et sans engagement.

Pour plus d'informations sur notre maison d'édition et nos livres, reportez-vous à notre site:

w w w . n o v u m p u b l i s h i n g . f r